はなまるライフ

hanamaru life

宮野和恵

Miyano Kazue

文芸社

はなまるライフ もくじ

私の今まで

日常のこと

家族

私の今まで

あまのじゃくな私

私って、素直、優しい、かわいい、器用——と言いたいところですが、まったく正反対かもしれません。自分では、そのつもりなのですが……。やっぱり理想ですね、それは。

主人は子供が生まれる前は、私が子供を怒ることなんてできないんじゃないかと思っていたみたいです。ところが、生まれてみるとまったくそんな心配はなかったらしいです。自分ではそう変わっていないと思うのですが……。でも主人に言わせると、どこか抜けているところ、どことなく面白いところは変わっていないとのこと。私ってそんなに面白い？ そんなに変？ 自分ではよくわかりません。

学生の頃も社会人になってからも、私は親からするとおそらくわがままな娘だったに違いないと思います。祖母はよく、「あんたは海行こ山行こや」と言っていました。つまり、あまのじゃくなんです。

「海行こかー」「イヤー」「そしたら山行こかー」「イヤー、海行く」というふうに、ほとんどすべてのことに対してこんな会話だったかも。

小学生の頃、友達と、あの子が好き、この子がいいという会話をしたと祖母に言ってみたところ、「今はそんなこと考えなくていい。不良になってしまう」と言われました。中学生になって、『明星』や『平凡』という雑誌を買ったり見たりしても、「アカン！　不良や！」と言われました。

そんなふうだったので、コンサートに行くなんてもってのほか。だけどやっぱり言うことは聞きませんでした。自分でも「なんというわがままな子供！」と思います。母は何も言わなかったけれど、どう思っていたのかなあ……。

中学生の頃は、ゴダイゴのファンでした。高校生になると、浜田省吾さんのファンになり、コンサートへは年一、二回のペースで行っていました。高校一年生の時、いとこに連れられて大学の学園祭に行き、後ろのほうから米粒のような浜田省吾さんを見て、音楽を聴いてファンになったのです。それから一度も浮気せず、二十年以上も続いています。そう、主人とよりも長いのです。でも、ちょっと待って。少し（？）ミーハーな私は、ＳＭＡＰだのＫｉｎｋｉ Ｋｉｄｓだのとみち草をしているような気もしますが……。

でも、結婚してからはコンサートに行けなくなり、ちょっと寂しくなりました。

子供ができるとますます行けなくて、毎日のようにCDを聴いたり、DVDを見たりして、コンサート気分を味わっていました。今は、子供たちが学校や遊びに行っている間に、好きなだけ聴いたり見たりするのが、一つのストレス発散の方法になっています。

私は小さい時から、自分がやりたいことをやってきたような気がします。親に何か言われたら、「はい」と返事だけはして、自分の思ったように行動してきました。いろいろ勝手にやってきたことの中の一つに、テレビ出演もありました。学生時代の最後に、私はテレビに出ようと思いつき、たまたま〈そっくりさん〉の募集があったので応募したのです。番組のタイトルは忘れてしまいましたが、大阪ミナミの二丁目劇場での生放送でした。

私は、当時タレント活動をされていた斉藤ゆう子さんのそっくりさんで出ました。よく似た眼鏡をかけ、ポニーテールで。結果はというと、なんと優勝！　嬉しかった！　家でテレビを見ていた母は、緊張していた様子もなかったと言っていました。確かに緊張した覚えはありません。もう就職も決まっていたので、その賞品で友達と有馬温泉に行って、ゆっくりしました。

自分では明るく過ごしていた毎日でしたが、高校一年生の三学期頃、いじめらしきものにあいました。それまで一緒にお弁当を食べ、一緒に帰っていた友達が、何があったのか急にピタッとそれをやめたのです。私はすぐに違う友達と仲良くなったのですが、その子と仲良くなればなるほど、さらに無視されるようになりました。私は、誰かと一緒でないと何もできないなんてバカらしいと思うようになり、こちらからもしゃべりかけなくなりました。

私はわりと誰とでも話せるタイプなので、女子校だったけれども、男の友達も多かったのです。今考えればどこにそんな自信があったのか、私を無視する子たちはそれを妬んでいるんだと勝手に思い、その人たちに「男の友達もよう作らん奴」というレッテルを貼りました。だから、いじめじゃなく、いじめらしきもので終わったのです。このことは親にはもちろん、主人にも話していません。だって、いじめじゃなかったと思っていたから。それに、そう思いながらその人たちを見ているのって案外楽しいものでした。

あまり波瀾万丈な人生（大げさだけど）ではなかったけれども、自分の中では、いろいろありました。でも、今まで楽しいことのほうが多かったです。私自身、苦しいことやストレスをあまり感じない性格なのでしょうか？　これからもこの勢いで、何事も楽しいことに変えて過ごしていきたいと思っています。

いい人？　よくない人？　やっぱりいい人

私は小学三、四年生ぐらいまで、父方の祖父母と一緒に住んでいました。父母が仕事で忙しかったので、私はおばあちゃん子のところがあったと思います。よくお寺に連れていってもらい、私は拍子木の音を子守歌代わりにしていたそうです。けれど、小さい頃はよかったのですが、大きくなるにつれて、一緒に住んでいるのが窮屈に思え、イヤになってきました。祖父母に叱られることも多かったように思います。私もあまのじゃくな性格なもので、しょうがなかったのでしょうか？一度、祖父に思いっきり怒られ、裸足で家の外に飛び出し、走っていったこともありました。まあ、原因はまったく覚えていませんが……。

私は、祖父母にとっては長男の子、初孫なので、目をかけてもらっていたのでしょうが、当時は、「どうして私だけ？　他のいとこの子はいいなあ」と思っていました。でも、おかげで祖父母の気持ち、ありがたさというものは、よくわかるようになりました。

このありがたさというのは、結婚し、家を離れて初めて実感しました。いとこの中で一番最初に結婚したこともあって、二人にはよくしてもらいました。祖父には物質的な面で、祖母には精神的なところで。

もちろん、すべてがすべてありがたかったわけではありません。でも、一緒にいた時間が長いぶんだけ、年寄りの扱い（こういうと聞こえがすごく悪いのですが）がわかっていたので、そういう時でも、自分でも「ほんまかいな！」と思うほど、口からぺらぺらとお礼の言葉が出てくるのです。んー不思議です。

私が結婚したあとの働くところも、祖母がなんだかんだと世話をしてくれたおかげで、市役所の建設局での仕事に就け、その他にも選挙事務所で働くことができたりしました。また、長男を妊娠したかもしれないという時、最初に産婦人科に一緒についていってもらったりもしました。その時は本当に心強かったです。

そんな祖父母も、もうこの世にはいません。祖父は二年前、祖母は五年前に他界しました。祖父の場合は、入院していて時間の問題だと思っていたので、あまり驚きはしなかったのですが、祖母は、入院どころか前日まで自転車に乗り、他の人のお葬式のお手伝いをして、元気にしていたのです。

その日の朝方、祖母が「しんどい」と言ったので救急車を呼ぶと、病院に運ばれる途中で息を引き取ったらしく、つらそうにしていたのはほんの二、三時間というところだったらしいです。私は母と、「死ぬんだったらあんな死に方がええなあ」とよく話しています。また、祖母の葬式の時の参列者の多かったこと。「普通のおばあちゃん」だというのに、なんと六百人という人の列。中には父母関係の人がいたとはいえ、祖母の交際範囲の広さを思い知らされました。

祖母はしゃきしゃきしていて、言いたいことは言ってしまうような性格だったので、近所ではいろいろと言っている人もいたけれども、私にすればいいおばあちゃんだったし、楽しいおばあちゃんでした。それに、私は祖母の作ってくれる茶粥がとても好きで、主人は魚の煮つけがおいしかったらしく、忘れられないそうです。私が作っても、なかなかその味には追いつけません。主人においしいと言ってもらえる日は来るのでしょうか?

祖父は父と同じで、ほとんど何もしゃべらなかった人でした。親子だから似ていて当然なのだけれど、「こんなとこ似なくていいのに!」と、よく母と言っていたような気がします。そんな祖父も、髪の毛にだけは気を遣っていたので、毎年の誕生日には、悩むことなく髪に使うものをプレゼントしていました。時々、髪だけじゃなくもうちょっと服にも気を遣えばいいのに、と思うこともありましたが、今思うと、なかなかいい味出してるおじいちゃんだったかも……。

主人の祖父ももういないので、健在なのは義祖母だけです。その義祖母にもまた、お世話になっています。義祖母自身が大切に育てた野菜を、いつもたくさん送ってきてくれます。お礼は、こんなものでいいのかと思うほど簡単なもので、電話だけ。義祖母にひ孫の元気な声を聞かせてあげるくらいです。

子供たちは、学校のことや友達と遊んだことなど、いろいろ話しているようです。後ろで聞いていると、「そんな話、おばあちゃんわかるのかな?」と思ったりすることもしばしば。でも、それをうんうんと目を細めて聞いている義祖母の姿が目に浮かびます。

その義祖母は今、鹿児島に住んでいて、私はまだ二回しか遊びに行ったことがありませんが、その時作ってくれた「ニガウリと鰹節の和えもの」の味が忘れられません。そこで初めてニガウリというものを食べたのですが、苦いものだと思っていたのに、まったく苦くないのです！　家でも挑戦しました、ニガウリを使った料理。でも、家族には苦いと不評でした。

やっぱり、祖母たちの料理には勝てません。私もそういう年になると、孫を喜ばせてあげられる料理が作れるのでしょうか？　いろいろと挑戦していきたいです。

もうこんなことってイヤ！

私のお腹、右側に手術した跡があります。ずいぶん大きくなってから母から聞いて、それは盲腸を手術した跡ではないと知りました。

生後十一ヵ月の時、私はあまりにも泣き叫び、その上泡のような便が出たそうです。そう、私は腸重積を患っていたのです。今こうしていられるのも、その時に母が気づいてくれたおかげです。ありがたく思っています。もちろん母だけでなく、父、祖父母、すべての人に心配をかけました。

でも、それからというものは、元気だけが取り柄になっている私。熱を出した記憶はただの二回。中学校の時と五年ほど前だけです。病院にもほとんど縁がなく、行ったのは歯医者ぐらい。これだけは毎年学校からの通知で行かざるを得ませんでした。今も、よほどのことがない限り医者には診せないし、病院には子供を連れていくだけでした。

その私がですよ、病院嫌いのこの私が、病院に行かなければならなくなってしまったのです。

その日の一週間ほど前から、どことなく気分がすぐれなくなり、調子が悪く、何かするとすぐに疲れるようになりました。でも仕事には行かないといけない……そんなことのくり返しになり、そしてある日の夜、車を運転していて対向車のライトが目に入った瞬間、頭に電気が走ったようになり、頭痛が起きたのです。その時は薬を飲んだら治ったのですが、常に体がだるく、横になってしまうことが多くなりました。

そしてとうとうその日――二〇〇一年十月八日。この日は両親の誕生日（両親は同じ生年月日なので）、しかも還暦のお祝いの日でした。

昼食をファーストフードのハンバーガーで済ませたあとのこと。まず左胸が痛くなり、次は左耳……と思ったら、今度は頭。痛さで涙は出てくるし、私はどうすることもできなくなりました。その日はたまたま祝日で、主人が一緒にいたからいいようなものの、私一人だったらと思うとゾッとします。

それでもなんとか家にたどり着き、主人が救急病院を探してくれましたが、普段縁がないものでわからず、最後の手段で救急車を呼びました。その間、私は嘔吐をくり返していました。

意識ははっきりしていたので、救急車の中でのことはすべて覚えています。受け答えもハッキリしていたと思います。

頭痛と嘔吐の中、救急車は病院に着き、即、検査が始まりました。私の記憶の中では、点滴も初めてならば車椅子も初めて。何もかもが初めてでした。そして病名は、なんとあの恐ろしいクモ膜下出血。幸い病状はごく軽かったため、後遺症も残らず、今は普通の生活ができています。でもその時、主人は、車椅子っていくらするんやろ……とか、あとの生活のことをいろいろと考えたそうです。当然ですよね。

その時の主人は、すごく落ち着いていて、人っていうのは、こんな時、冷静になれるんだと思っていました。

入院は三週間におよび、骨休みどころか、退屈な日々を過ごしていました。最初の二週間は点滴があったので、その間はまだよかったのですが、残りの一週間は特に退屈で、点滴もなければ薬もない。安静にという医者の指示のみでした。

二冊ほど本を読み、クロスワードパズルの本を一冊やって……と、何をして過ごそうかと悩むほどでした。いつもゆっくりしたいと思っていたけれど、いざ安静にと言われるとなんとつらいことか、と思い知らされました。

今回は主人をはじめ、子供たち、主人の両親から親戚中、そして私の両親と、いろいろな人に心配をかけてしまいました。原因不明ということで、余計に心配だったと思います。すみませんでした。

そして、この入院で、私はやっと慣れてきた仕事を辞めざるを得なくなり、それ以来、専業主婦をしています。私としては、なるべくおとなしく暮らしているつもりですが、今はもう、頭痛があっても薬で治るような痛みなので、最近はまた家にいることが少なくなりつつあります。でも、どこに行くにも薬は持参しています。頭痛が起きると恐いですから……。

また、退院してから、今後自分は何をしていこうかと考え、結果、病院に携わる仕事をしようと思い、医療事務の勉強を始めました。病院に携わるといっても、看護師は無理があるし、学校に通うこともできないので、家で受講できるものをと思い、医療事務に決めたのです。そして、半年ほどかけて、なんとか講座を終了しました。

けれどもいざ仕事となると、経験者が優遇され、なかなか私には順番が回ってきません。こんなことでは、勉強したことを忘れてしまいそうです。でも、勉強したということだけで満足してしまっている私もここにいます。

もう、こんなことはあってほしくないと思い、今では結構健康には注意しているつもりです。もうあんな痛さは経験したくないですから。陣痛の痛さは忘れることはできても、あの痛みは忘れることはできません。これからはこんなことのないよう、気をつけていきたいと思います。みんなに心配もかけたくないしね。私もこの痛みを一日でも早く忘れられるようにと望んでいます。

お皿の中は海

私には、七つ年の離れた弟がいます。その弟も二児の父となり、毎日奥さんのため、子供たちのためとせっせと働いていることでしょう。私の子供たちともよく遊んでくれていましたし、子煩悩でしょうから、きっと家の中は笑いでいっぱいだと思います。

私と弟が七歳離れていると言うと、みんな「それだけ年が離れてたら、喧嘩もせえへんし、かわいいやろ」と言います。でも、そうじゃなかったんです。弟が何歳ぐらいからでしょうか、口喧嘩から始まり、物を投げたりすることもあり、母からは「包丁持ってきたろか！」と言われたこともありました。

あまりにも弟に腹が立ち（何に腹を立てていたのかは覚えていませんが）、目覚まし時計を壊したり、ドライヤーを壊したりしたこともありました。誰にも当たれず、物に当たっていたのです。

弟がもっともっと小さかった時のこと。まだベビーカー（と言えばかっこいいのですが、実は乳母車）に乗っていた頃のことです。私の髪の毛はゴツゴツで太くて多かったのですが（今も）、弟の髪の毛は、赤ちゃんだったからなのか、さらさらでふんわりしていました。私はその髪の毛にあこがれ、また、どうして私のはこんなんなの！と思ったのでしょう、大五郎のように結っていた弟の髪の毛をハサミで切ってしまったのです。それも、結っていた半分だけを。なんて残酷な姉……反省してます。

もちろん、かわいくないことはありません。小さい頃は、手をつないだ時に「ギュッ！」と言うと、弟は「ギュッ！」と、握り返してきたりしたものです。そうしてよく近所を歩いた覚えがあります。

弟が高校生になると、私はもう会社勤めをしていたため、家でもあまり話すこともなく過ごしていました。弟も友達といることが多く、私も帰りが遅かったので、顔を合わさない日もあったように思います。そのちょっとしたブランクがよかったのか、それからは何事もなく、平穏に暮らしていたと思います。特に弟が……。

その頃、主人が弟の家庭教師をやっていたというのもよかったのかもしれません。父が何も話さないというより、弟は父が恐くて話ができなかったみたいなので、兄貴ができたという感覚で、勉強ばかりでなく、男同士の話もできたのではないかと思います。

今、弟は外食産業の世界にいます。専門学校を卒業し、その世界に就職した時は、ああやっぱり、と思いました。というのも、弟が小学生の頃、母と私と三人で夕食を食べることが多かった時期があり、ある日、弟がすごくかわいい料理を作ってくれたのです。

その料理というのは、一枚のお皿の中に、海に見立てた千切りキャベツ、海草に見立てた油揚げ（味はついていなかったけど）、それに魚の形をしたかまぼこがのっているというもの。お皿の中が一つの世界だったんです。七つ上の姉の私は、食べるばかりで料理はまるでダメなんですが……。

私が結婚し、弟も結婚し、それからというものは、連絡こそなかなか取れないけれども、今が一番いい関係を保っているのではないかと思います。年に一回会えるかどうかという感じですが、母から、たまに弟家族の様子が入ってくるので、少しは私も弟家族のことはわかっているつもりです。

でも、これからはもっと密に連絡を取り合っていきたいと思います。たった二人の姉弟なので、お互いのことが母を通してではなくわかるようになりたいです――

でも、住んでいるのが埼玉と奈良で距離があるし、弟の勤務時間も不規則なのが難点です。

弟にひと言――私もなるべくメール入れます。あなたも、たまにはメールくださいな！　おっと、その前に、アドレスが変わったのなら連絡ぐらい入れてくださいな！

夢

幼稚園の先生になりたい——幼稚園に通っていた時の私の夢でした。おそらく、自分が幼稚園に行っていたから、きっとなりたかったのでしょうね。また年長になってエレクトーンを習い始めると、今度はエレクトーンの先生になりたいと言っていた覚えがあります。また、小学生になれば、小学校の先生になりたいと。なりたい職業は、ころころと常に変わっていたような気がします。いったい私は、何になりたかったのでしょう？

でも、小学校も高学年になると、何になりたいかなんて考えもしなくなりました。その頃に「将来の夢は？」なんて尋ねられても、「別に何も」と答えていたと思います。そのまま大きくなり、その日その日が楽しければいいというような生活をしていました。

中学に入った頃からでしょうか、何になりたいというのではなかったのですが、みんなの前に出たいという気持ちが、自分の中で湧き上がってきました。でも、中学・高校と、別に何もしないまま、のほほんと過ごしていました。というより、何をしていいのかわからないまま、なんとなく毎日を過ごしていたのです。

大学に入ってもそう。でも、その大学で、私にとっての事件が起こったのです。あれは大学三年生の時だったかなあ。学園祭で、放送部のお手伝いとして、司会をさせていただくことになったのです。本番では失敗もあったけれど、楽しかった！　私が所属していたクラブは、放送部とはまったく関係なかったのですが、部室が近かったこともあり、そういうこともやってみたいと言っていた私の噂を耳にしたからだと思います。当時の放送部の部長さんには感謝しています。本当は、放送部に入らなければできなかったことですから……。

私はその経験が楽しくて、その道に進もうと思い、何社かに履歴書を送りました。でも、まともに面接をしてくださったのは一社だけで、残りは音沙汰なし。家で、「やっぱり、大学の名前かなあ」と話していると、それを聞いていた父が、「同窓会に堂々と行けるように」と言ったのです。私にはなんのことかわからなかったのですが、父にすれば、結婚して子供を産んでほしいということだったらしいのです——これは母から聞きました。

そんなわけで、自分の中ではもう諦めていました。が、結婚を控えたある日、朝のテレビ番組を見ていたら、なんと司会者を募集しているではありませんか！　独身最後ということで、早速応募しました。結果は、今、私がここにいるということは……ダメだったのです。

それからは、何がしたいと夢見ることもなく過ごしています。もちろん、ああいうふうになれたらいいなあ、こんなふうになれれば……という希望はあります。また、こんな私がペンを持っているというのが、少し不思議な気もしています。

今は、子供たちが、どんな形でもいいから、人の役に立つことをしてくれれば……というのが私にとっての一つの夢です。でも、子供は今が一番夢の持てる時期です。子供自身には、いろいろな夢を持ってほしい。実現するかしないかなんて、二の次でいい。諦めることなく、夢を持ち続けてほしいと思っています。

もしかして、仕事って楽しいのかも

私が最初に仕事（といってもアルバイトですが）をしたのは、大学一年の夏休みで、おばさんの経営していたお好み焼き屋でした。おばさんの店だったので融通がきくし、知っている人もたくさん来るし、昼食時はほとんど常連客ばかりでした。私も昼食をそこで食べさせてもらっていました。

けれど、その時は楽しかったのですが、私には飲食店というのはあまり向かないなとも思いました。別に何かあったというわけではありませんが……。それ以降、飲食店で働いたことはありません。

大学在学中の四年間の春休みには、会計事務所でアルバイトをしていました。父母の知人の紹介で働かせてもらうことになり、九時から五時と時間がきっちりしていて、私と同じようなアルバイトが他に五人いたので、けっこう楽しかったです。

アルバイトの人たちだけで一つの部屋に入り、和気あいあいと仕事をしていました。でも、仕事をしていたのか、お茶しながらおしゃべりしていたのか……。九時に始まり、十時にお茶、十二時に昼食を食べ、また三時におやつ、そして五時に帰る、というふうでしたから。これが、四年間も続けることができた最大の理由だったのかもしれません。

大学四年の夏休みともなると、就職活動に本気で取り組まなければならないのですが、どうも気乗りがせず、資料請求だけをやっていたという状態でした。重い腰を上げたのは、もう夏休みも終わろうとしていた頃です。企業の合同説明会に行き、いろいろ見て回っていた時、ふと目に飛び込んできたのは、よくブレザーについているような金モールのワッペンでした。話を聞こうとブースに行くと、そこにはかわいい刺繍のワッペンが……。

その会社は入社テストもなく、面接が二回だけ。その面接も、大学三年の時に一ヵ月間中国へ行っていたことと、親のことを話しただけのように記憶しています。そして九月半ばには内定をいただき、とてもホッとしました。ということは、私も多少は焦っていたのでしょうか？

その会社では、営業事務をしていました。失敗もあり、上司には迷惑をかけていたと思います。しかし、今まで出合ったこともない絵柄や、何ヶ月後には店に出るだろう絵柄に出合えて、うきうきしていました。その刺繍がかわいかったりすると、どんな服に付くのだろうと思いながら仕事するのも楽しかったのです。店に行くと、「これ知ってる！」「ややこしかったなあ」などといろいろなことを思い出しながらウインドーショッピングするのも楽しみの一つでした。

ただ、どこの会社も同じでしょうが、納期のことが頭から離れず、また、忙しい時は夜遅くまで残業したことがつらかったです。でも、会社の近くにマクドナルドがあって、残業の時の食事がすごくおいしかったので、楽しい思い出にもなっています。

けれど、たった三年弱という短さで、私はその会社を結婚退職しました。確か面接の時には、「結婚しても辞めない」と言った気もしますが……。

その後は、祖母のつてで選挙事務所と市役所で仕事をしていました。この仕事は、前とは比べものにならないぐらい楽で暇な仕事でした。自分に与えられていた仕事はいつもすぐに終わってしまうので、いろいろな仕事に手を出しては、手伝わせていただきました。

子供が生まれ、主人の転勤で愛知県半田市に引っ越しをして、子供たちが幼稚園に通うようになった頃、また仕事を探すようになりました。そんな時、友達からどうしてもと頼まれ、保険の外交員の仕事をすることになりました。私自身はあまり気が進まなかったのですが、三、四ヵ月でいいからと言うので、保険会社にお世話になりました。

仕事自体はなんともなかったのですが、毎日決まった時間に出かけるということの、なんと気持ちのいいことか……。それに、会社には幼稚園のお母さん方とは違った感覚の人がいて、それがまた楽しかったのです。子供の話以外のことを話せるというのが、私にとっては新鮮でした。

また保険の外交員と掛け持ちで、一ヵ月間だけ他の仕事もしていました。郵便局の郵パックの配達です。

荷物を郵便局に取りに行き、友達四人と荷物を分けて、各家に届けていました。掛け持ちだったので必死でしたし、責任のある仕事のぶん、大変でした。たった一ヵ月ですが、我ながらよく働いたなぁと思っています。でも、車でいろいろな所に行けけ、道も覚えられるし、「こんにちはー。郵便局で〜す!」と届けに行くと、ほとんどの人はニコニコとハンコを出してくれ、たまにはおしゃべりもしたりして、いろいろな人と出会えたのがよかったですね。

そして、荷物を届けた時の「ごくろうさま!」の一言が、私を元気にしてくれました。それ以来、私の家に届けてくれる配達員の方には、必ず「ごくろうさまでした」と言うようにしています。

配達でやっと道がわかってきたというのに、二度目の転勤で埼玉に来ると、また一から仕事を探さなくてはならなくなり、子供たちが小学校に上がったのを機に、私は職安に通い始めました。そして、子供たちが学校から帰ってくる時間までに家に帰れる仕事を探していたところ、午後一時までという募集を見つけたのです。

けれど、そこに勤め始めて二ヵ月経った時のこと、「五時まで働いてほしい」と言われてしまいました。私は一時までだから働いていたので、即刻「辞めます」と返事をして、辞めてしまいました。

それから一年後、また仕事を探し、今度は子供たちも一学年ずつ大きくなっているので、午後三時までという会社に行きました。少し遠かったため、帰るのはいつも四時近くになっていましたが、子供たちの協力もあって、なんとか続けることができました。けれど、三ヵ月半でクモ膜下出血のため入院してしまったので、辞めざるを得なくなりました。

その後、体も回復し、また仕事をしようといろいろな会社に履歴書を出しましたが、なかなか見つかりませんでした。でも、今はこんなふうに文章を書いているので、あまり仕事を探そうとは思っていません。これが仕事になればいいなぁ～なんて思っています。楽しいし、自分の思ったことを誰にも邪魔されず、言葉にできるのですから……。

楽しかったからもう一度

独身時代、私は、旅行といえる旅行はほとんどしたことがありません。小学校の時の林間学校・臨海学校、小・中・高校の修学旅行、そして大学の時の研修旅行、社会人になってからは慰安旅行ぐらいかな？　それだけ行ければ十分という声も聞こえてきそうですが……。あっ、それと、テレビでそっくりさんのチャンピオンになった時の温泉一泊の旅行もありました。

忘れてはならない旅行——そう、新婚旅行。そんな大事な旅行をおしのけて、一番鮮明に心に残っているのは、一番気楽に行けた研修旅行です。この旅行に行けたのは、親のおかげと感謝しています。

名目は語学の研修旅行だったのですが、ほとんど観光旅行みたいなもので、大学三年の夏休みに一ヵ月間、同じ大学の人たちと中国に行き、北京で三週間、杭州・上海で一週間過ごしました。

北京での三週間は北方交通大学の留学生寮で過ごしました。いろいろな国の人たちが来ていて、休み時間には一緒にバドミントンなどをして遊んでいました。それから、毎朝朝食前に太極拳をしていました。あんなにゆっくりした運動というのは初めてで、私たちの間ではなぜか一時ブームになったのです。

授業は、一緒に行った大学の人たちだけで受けました。勉強といっても、やった記憶がないほど短い時間だったと思います。試験の前日に、同部屋の友達とベッドの上で勉強したのは覚えているのですが……。

平日は学校内で過ごしていたのですが、土曜・日曜ともなると、街に出かけていきました。一緒に研修旅行に来た中でも、特に仲が良かった八人で。でも、街といっても、天安門広場周辺をうろうろするくらいでしたが。

初めて街に出かけた時は、バスに乗りたいけど、乗るバスがわからない。道行く人にノートとペンを使って話し、やっと乗るバスがわかり、バスに乗ったら今度は満員。切符を買い、友達とはぐれないようにするのにひと苦労。それに、車掌の声を聞き取るのに必死でした。そんなこんなで、無事目的地に到着しました。

本当は、現地の方が入るような食堂で食事をしたかったのですが、どこに行っていいのかわからず、結局、北京飯店での食事になってしまいました。また注文したものも、玉子チャーハンといった、日本にいても食べられそうなものばかりだったような気がします。今考えれば、もっと冒険すればよかったのかなあと思います。

北京飯店から寮まで帰る時は、タクシーを使いました。八人だったので二台に分かれましたが、二台とも同じ距離のはずなのに、タクシー料金がすごく違ったのです。車の大きさも同じだったのに。私は先輩からそういうことがあると聞いていたので、よくわからないままですが、地図を広げて道を確認しながらタクシーに乗っていました。そのためかどうか、私の乗っていたタクシーは安いほうの料金でした。今はおそらく、そんなことはないと思うのですが……。

その北京での思い出の一つに、写真を撮ったことがあります。中国に行く前に、先輩から「その場で撮った写真に、色をつけてくれる店がある」と聞いて、おもしろそうだと思い、訪ねてみたのです。写真自体は白黒なのですが、その写真に色をつけるのだそうです。

写真を撮った一週間後に、出来上がりを取りに行きました。それを見て、みんなで大笑い！　だって、ほっぺに赤く色がついていて「おてもやん」みたいだったのですから。また、色だけでなくポーズもその人によって違い、肘をついていたり、足を組んだりと、何か取ってつけたようなポーズになっていました。今その写真を撮ったら、やっぱり二十年ほど年を取った顔になっているのでしょうか？　もう一度訪ねてみたいですね、その写真屋を……。

そういえば、北方交通大学で友達になった何人かの中国の方は、ほとんどが写真を撮る時にポーズをつけていました。いかにも、自分はモデルだとでも言うように……。ある人なんて、「次はこのポーズで」カシャ！「今度は、自転車に乗って」カシャ！という具合に、十枚ほど撮っても同じポーズは一枚もありませんでした。参りました。中国の方って、ポーズを取るのが好きなのでしょうか？

毎日がとっても楽しかったのですが、一度だけ恐い思いをしました。北京から大同へバスで行った時のこと。そのバスの窓から見えたお婆さんが、日本人をすごく恨んでいるような目で私たちを見ていたのが、私にはすごくつらかったのです。ずいぶん年老いた方で、足を見ると纏足でした。別に、私自身、悪いことをしていたわけじゃないのに、何か申し訳ない気持ちでいっぱいになりました。そのお婆さんの顔がいまだに忘れられなくて、頭の片隅に残っています。

上海は、北京と比べてすごく都会的でファッショナブルでした。当時、女性の間では蛍光色のシースルーの服が流行っていたのか、着ている人が多かったように思います。上海ではお土産をたくさん買い、引率の先生に交渉してもらって、おまけもしてもらいました。あまり時間はなかったように記憶していますが、楽しかったのです——そこにいることが、そこを歩いていることが。

中国（あちこち行ったわけではないのですが）は、自転車が多かったです。行く前から知ってはいましたが、あんなにも多いとは思いませんでした。特に上海では、信号なんてあってないようなもの。その上自転車が多いため、歩行者の信号が青なのに渡れない。車も、ここは何車線あるの？と言いたくなるような状態で走っていました。よく事故が起こらないものです。

そう言えば、コカ・コーラも買いました。漢字で「可口可楽」と書かれた空き缶を日本に持って帰ってきて、しばらく部屋に飾っていました。もちろん、味は一緒でした——当たり前か。

今は、私が行った時とは比べものにならないほど、いろいろなことが変わっていると思います。私たちに中国語を教えてくださった陳先生、仲良くしてくださった王さん兄弟、私たちがスーちゃんと呼んでいた留学生の人……きっとみんなも変わっているのでしょうね。二、三年ほどは文通もしていたのですが、今となっては住所もわからないし、その前に中国語で手紙が書けないかも……。

当時は、「絶対また行く！」と張り切っていたのですが、計画を立てられないまま、ズルズルと今になってしまいました。一ヵ月なんて言わない、一週間、いえ三日間でもいいから、もう一度行きたい。テレビで中国の様子が映し出されると、特にそう思います。

いつもいつも主人の出張のお土産ばかりじゃつまらない。私もこの目で今の上海を見たい！　買い物したい！　上海の街を歩きたい！　あーあ、いつになればゆっくりと行けるのでしょう？　やっぱり、子供たちが独立してから？　でも、絶対絶対実現させてみせる！

父の十八番

頑固・几帳面・しゃべらない・恐い・外面がいい――これが、父に対するイメージ。物心ついた頃からこれまで、このイメージはずっと壊れていません。恐いというイメージが特に強く、話す時はいまだに顔色を見ながら話をしているような気がします。

私は小学校・中学校・高校と、父に通知表というものを見てもらったことがありません（もしかして、そっと見ていたかもしれませんが）。その代わりといってはなんですが、きつい一言。

「普段の生活ぶり見てたら、成績なんかわかる」

その言葉がすごく恐かったです。でもその頃は、父からの一言が欲しかったのです。私は、母に言われるままに、通知表は仏前に供えていたように記憶しています。

父は、珠算・書道の先生という職業柄からか、子供の私が言うのもおかしいのですが、あらゆる人から信頼されていると思います。私からすると普通の父なのですが、友達は父のことを「先生、先生」と呼ぶので、子供ながらに変な感覚を覚えていました。仕方がないことなのですが……。でも、私はそんな友達をうらやましく思い、もし私が父の子でなければ、父を尊敬の眼差しで見ることができたのに……と思っていました。

あとから母に聞いたことなのですが、父は他の珠算・書道関係の先生方からの信頼も厚かったのですが、中卒だったので、そのコンプレックスがあったのか、いつも小さくなっていたということでした。そのせいか、私のわがままを聞き入れてくれて、私は大学まで卒業させてもらいました。今になって、すごく感謝しています。

私の中の父との思い出――ほとんどありません。家族で旅行なんてしたこともないし、家族だけでどこかに遊びに行ったということもほとんどなく、必ず家族以外の誰かが一緒にいたような気がします。

旅行とはいえないけれど、珠算の合宿が思い出でしょうか？　でも、それも父との思い出ではなく、その合宿でこけて怪我をしたこととか、ソフトボールをしたこと、夜にトイレに行くと蛾がたくさんいて気持ちが悪かったこと――そんなことばかりです。父の姿が出てくるとすれば、プールで泳いでいる姿。左足が不自由なのになんて速い！と思ったぐらいです。

あっ！　ありました。父との思い出。家族であまり出かけたことのない私たちですが、一度だけありました。高校生の頃だったか大学生の頃だったか、定かではないのですが、たった一度だけ。ある冬の寒い日のことでした。兵庫県にある、東条湖ランドというアミューズメントパークに行きました。

その日、弟は熱があったのですが、この日を逃してしまうともう二度と機会はないかもしれないということで、家族四人で行きました。途中で雪が降ってきて散々な目にあいましたが、家に帰ってくると弟の熱は下がっていて、終わり良ければすべて良しということで、いい思い出になっています。東条湖ランドで何に乗ったか、何をしたのかは、実はまったく覚えていないのですが、ただなんとなく思い出として私の心の中に残っています。

そんな父ですが、私の結婚が決まってから、家族で夕食を食べに行ったあと、父と私の二人だけで、当時父の行きつけだったスナックに行ったことがありました。そこのママから、父にまつわるいろいろな話を聞かせてもらい、やっぱり外面がいいんだと思っていました。

けれども、そのあと父がカラオケで『娘よ』を歌ってくれた時は、もう涙々で、今思い出しても目頭が熱くなります。――ということで、結婚式当日も、その歌を歌ってもらいました。私はその日は冷静に聞くことができたのですが、列席されている方々はジーンときていたようです。

また、結婚式前、荷物を整理していた時に出てきたアルバムも、すべて父が整理してくれていたものでした。私が小学校二、三年生ぐらいまでのものですが、アルバム七冊という膨大な量にもかかわらず、一枚一枚丁寧にコメントをつけて、アルバムにしておいてくれたのです。それらを改めて見た時に、父親の娘に対する思いがひしひしと感じられました。

やがて私に子供ができ、つまり父には孫ができ、その頃から徐々に父は変わってきたような気がします。四角どころか多角形だった父の角が取れてきて、その上、弟にも子供ができた時には、もう丸になってしまったように思いました。本当の父は、こういう姿だったのでは……と思うほど変わったと思います。やっぱり、年を取り、多少気も弱くなってきたからなのでしょうか？　心配だけれど、そんなふうに変わった父を見て、ちょっとホッとします。

父に対しては、たくさん感謝し、たくさん謝らなければいけないことはありますが、たった一つだけ、これだけは絶対に謝りたいと思うことがあります。

前にも書いたように、父は片足が不自由です。だから、歩き方も他の人とまるで違いとます。小さい頃はそれが不思議に見えたため、私はおもしろおかしく、その歩き方を真似していました。それも、父の目の前で。母は気が気でなかったと思います。父の気持ちもわからず、ふざけて真似をしてしまったことを謝りたいです。今となってはもう遅いかもしれませんが、私の中では、今でも申し訳ない気持ちでいっぱいです。

今は母と二人。体を大切にし、もっともっと二人で話をして、母と仲良く暮らしていってほしいと思っています。なかなかできないのですが、二人がゆっくりと楽しく過ごせるように、お手伝いしたいと思っています。

楽しんでる？　ー人生まだまだ半分だもんねー

『おっはー　お誕生日おめでとう　三十五年　早いなー　あの日は雨模様だった色々あったね　楽しかった。おかあさん』

これは、私の三十五回目の誕生日の朝に、私の携帯電話に送られてきた母からのメールです。外出先でこのメールを見た時は、涙が出てきてしまって止まりませんでした。このメールをもらってからもう一年半ほど経つのですが、読み返すといまだに涙が出てきます。

祖父母にいろいろ嫌味を言われたこと、叔父・叔母が、年下にもかかわらず偉そうに言ってきたこと、私が生まれて十一ヵ月の時に腸重積で大変だったこと、父は子供の私でもわかるほどの亭主関白——そんないろいろな苦労話を母から聞いたのは、私の結婚が決まってからだったと思います。

私が特に驚いたのは、父と母が結婚して十年ほど経った時に祖父から言われたという、「十年やそこらでこの家の者と思うな！」みたいな言葉。それから、パン一かけらもゆっくり食べさせてもらえなかったということ……。私が小さい頃、私を連れて家を出ようと思ったこともしばしばあったと聞かされました。

祖父は晩年「長男（父）の嫁はすごくいい嫁だ」と近所の人に言っていたそうですが、母がその話を知ったのは、祖父が亡くなってから半年ほど経ってからのことだったそうです。もし生前に聞いていたら、祖父が亡くなった時に涙の一粒でも流すこともできただろうに……。生きている時にせめて一言、母に直接「ありがとう」と言ってあげてほしかったと思います。

仕事が忙しく、子供に構っていられなかったため、私はおばあちゃん子でした。母との思い出は、これといった特別なものはありません。けれども、いつもいつも楽しかったということは確かです。

母はいつでも何にでも真剣で、私が小学校の頃は、少しでも悪い点数を取ってくると、担任の先生に「うちの子はどうしてこの問題がわからなかったのでしょう？」なんて言いに行くような母親でした。それだけ熱心だったのでしょう。いや、教育ママだったのでしょうか。私は人と比べてどうこう言われるのは嫌だし、母の期待に応えなければと、頑張って勉強したつもりです。

中学校の頃、私は「そろばんの先生」という親の仕事を恨んだことがたびたびありました。職業のせいか、地域の人たちに信頼があり、習いに来ていた生徒も、学校の先生の言うことは聞かなくてもそろばんの先生が言ったことはきっちり聞く、ということもありました。けれど、そのせいで私はいい子にしていなくてはならず、それが結構重荷になっていました。

でも、高校受験の頃になり、私が受験勉強をしていると、こたつを挟んで母も仕事を始め（当時勉強机はなく、こたつでした）、目の前に母がいるというだけで、どれだけ励みになったことか……。ちょっと休憩という時も、話し相手がいてホッとしていました。まぁ、その休憩がずっと続いたということも、あったような、なかったような……。当時の私にすると、それが唯一母と過ごせる時間でした。

高校は、制服がかわいくて電車通学という条件で選んだところが私立。大学も四年制に行きたいと言い、それも私立。金額面ですごく大変だったと思うのですが、何も言わず行かせてくれたことに感謝しています。

大学を卒業し、就職したのですが、さて今から親に恩返しというところで結婚が決まり、会社も三年弱で辞めてしまいました。私に言いたかったこともいろいろあったかと思いますが、その結婚も別に反対することもなく、快く賛成してくれました。

結婚してからも、母とメールや電話で連絡を取り合っています。「何もないけど、暇になったから電話した」とか、「暑いなぁ」とだけメールが来るようなこともよくあります。でも、それだけで私は安心するのです。最近は携帯電話を使うのに慣れてきたのか、ほとんどがメールです。母曰く、「電話だと高くつくからね」。

最近の母はというと、父と一緒に散歩に出かけたりして楽しんでいるようです。父は足が悪かったせいもあって、今までは仕事以外では外出しなかった人でしたが、母の勧めもあって義足をつけるようになってからは、ずいぶん外出するようになりました。

私が学生の頃は「普段の生活ぶりを見てたら、成績なんかわかる」と言って通知票も見てくれなかった父も、孫ができたからか、年を取ったからなのか、性格が丸くなって母とも話をするようになり、私としてもホッとしています。

また、母は「耳に穴を開ける」と急に言い出してみたり、プールに行ったりと、「今が一番楽しいわ!」と自分で言うだけあって、毎日がすごく楽しそうです。先日、久しぶりに会ったら、耳には花の形のかわいいピアスが……。年に二回会えるかどうかという感じですが、なんだか会うたびに若くなっているようで、私としてはそのことがすごく嬉しく、また自慢でもあります。

孫が四人。一番上が十歳。そんな母はもうすぐ六十一歳。自分では、「百二十歳まで生きるからよろしく！」と言っています。今までと同じ年月を、今からまだ生きるつもりみたいです。この先どうなるかなんて誰にもわかりませんが、でも、ギリギリまで楽しく母の人生を送ってほしいと思います。私はというと、やっぱりまだまだ母に迷惑・心配をかけそうです。私のわがままですが、そのためにも元気でいてほしいと思っています。

私は、毎日「明日は何をしようかな。どんな楽しいことがあるかな」と思いながら仕事をしたり、遊んだり、本当に楽しそうに過ごしている母のことを思うと、すごく安心します。でもその反面、「たまには弱音をはきや！」と言いたくもなります。

私も結婚して十一年経ち、ある程度のことはドシッと受け止めることができるようになったと思うのですが、母からするとまだまだ頼りなく思うのでしょう。でも、自分自身がしんどくならないうちに、私になんでも言ってくださいね。それが、私を強くする原動力にもなるのだから……。

最後に一言。去年の誕生日は、電話もメールもできなくってごめんね。まさにその日に、私がクモ膜下出血で入院してしまって……。本当に心配させてしまいました。元気だけが取り柄だったのに。でも、もう心配ないから。安心してね！

これからは、もう自分のことだけ考えていればいいんだから、父と仲良く、楽しく毎日を過ごしてくださいね！　そして、楽しんだあとは、その楽しさをたくさんたくさん私に伝えてくださいね！

日常のこと

捨てられない

私って、物を捨てることができないんです。いろいろな物が押入れに入っていて、中をのぞいたら、きっと「なんじゃこりゃ！」というものがたくさんあると思います。

特に多いのが、空き箱。ダンボールは捨てられるのですが、小さな箱って、いつか使えるかも……と思うと、どうしてもゴミ箱行きにできないのです。

家の中には、整理箱代わりに使われている空き箱が、あちこちに置いてあります。クッキーの空き箱、キャンディーの空き缶など、絵がかわいかったりするものはダメですね。必ず何かがしまってあります。が、中にしまわれているものは、実はほとんど使っていなくて、だから開けもしない箱だったりするんです。

箱以外にも、服もそうかなあ……。毎年、そのシーズンに着る服は決まってしまっていて、何年間も着ていないものが、何着もタンスの肥やしになっています。特に人からいただいた服なんて、ほとんど着たことがありません。「どうしても！」

という感じになると、捨てることができるのですが、そこまで気持ちを持っていくのに時間がかかってかかって……それで、やっと捨てることができるのです。

そういえば、タンスの上にも大きな箱が一つ……。きっと、その中身は服のはず。何年とその箱を開けていません。恐怖です、その箱を開けるのが。

主人にもよく言われるのです。

「これ、いらんやろ。捨てるゾ！」

人に言われると捨てる勇気が出てくるのですが、言われないとゴミ箱までが遠くて遠くて……。

子供たちも私の性格を受け継いでいるのか、なかなか捨てることができません。なんでも「また使うかもしれないから、置いとくね」と言うのです。まるで私そのもの……悲しいかな、まるで自分を見ているようです。

捨てられない性格だとわかっているので、なるべく物は買わないようにしています。特に服は。子供の服はすぐ小さくなるので、仕方なく買いますが、もちろんそれは「何%引き」という時です。それに、子供服は小さくなって着られなくなるので、捨てられるのです。

また、二人とも男の子なので、すぐに穴を開けてきたり、破ってきたりもするので、捨てざるを得ないことも多いのです。本当は、長男のおさがりを次男に着せたいのですが、長男の穴の開け方が激しく、その上、年子の二人は、今はほとんど同じサイズになってしまったので、兄弟間でのお下がりはまったくありません。もう捨ててしまうしかないのです。

もしこの家に、唯一物が捨てられる主人がいなかったら、どうなっていたでしょう？　三人が三人とも捨てることができず、家の中は箱だの服だのでいっぱいになってしまっていることでしょう。でも、主人に関しては一つだけ悩みが……たまに必要なものまで捨てられてしまうのです。以前そういうことがあって、ついつい怒ってしまいました。それからは主人も、

「これ、捨てるゾ！　ええな？」

と聞いてくれるようにはなりましたが。

片づけるたびに、「今度からは捨てるゾ！」と決心するのですが、その物を見ていると、「もし、捨ててしまってから後悔したらどうしよう」と、なかなか決心がつかないのです。最終的には、捨てることになるのに……。

これでも、以前よりはましになり、自分では捨てることができていると思うのですが、まだまだなのか、家には空き箱、空き缶がたくさんあります。もしかして、

前より増えてる……？　思い出を大切にすることと捨てないことが違うのは、わかっているつもりなんだけど。よし！　勇気を出すゾ！

通販の使い道

「これ、かわいい！　こんなのがあったらいいな！　ここに置いたらよくなるよなあ」と、カタログを見て一言。

「これってもしかして、すごく便利かも……」と、テレビを見て一言。

そういう私は、通販大好き人間。そう、私は通販カタログのファンで、テレビショッピングを見るのも好きなのです。それだけで、なんかウキウキしてくるんですよね。私って変かしら？

カタログが送られてきた時には、他のことはそっちのけで、二時間も三時間も見てしまいます。次の日からも、暇があれば見ている状態です。

ほとんど買わずに見ているだけなのですが、たまに、どうしても欲しい物がある時もあります。何日かの間、買おうかどうしようか悩み、その結果、悩み過ぎてカタログの有効期限が過ぎてしまうこともしばしば。そうなると諦めざるを得なくなって、結局買えなくなってしまうのです。

テレビショッピングの場合は、一度も買ったことがなく——ではなく、買う気なんてさらさらありません。テレビを見て、「すごーい！」と言っては、値段を当ててみたりしているだけです。でも、これがなんともいえず面白いのです。やっぱり私って変？　値段当ては、私一人でもそうなのですが、主人と二人ですると、ゲームのように遊べます。

「やっぱり、高いよなあ」

「こんだけ揃ってて、こんな値段やて、えらい安いなあ」

なんて、楽しんでいます。夫婦二人揃って変なのでしょうか？

また、テレビショッピングは、商品説明をしている人が面白いというのも、大好きな要因の一つです。人が面白いとは失礼ですが、見ていて本当に欲しくなるような話し方で、ついつい見とれてしまっています。別に話し方を見ているわけではないのですが……。

そんな通販好きの私が、なぜ通販で買わないかというと、好きなことは好きなのですが、実際に物を見てみないと買えない性分だからです。特に、細かいサイズに分けられている服は買えません。高くても安くても買えないのです。着られなかったらどうしよう、履けなかったらどうしようと考えてしまうのです。

それでも、どうしても欲しくなったことがあり、ジーンズや服を買ったことがあります。その時はサイズ間違いもなく、無事に着ることができました。でも、失敗もありました。靴です。サイズはよかったのですが、どうも履き心地が悪く、買ったものの結局履いていません。それからは、通販で靴は買わないようにしています。

これからもずっと、カタログを見て楽しみ、テレビを見て値段当てゲームをすると思います。だけど、買うことはほとんどないでしょうね……。でも、見ているだけで、買った気になることもあるくらい楽しいんですよね。だから、やめられないのです。

また、通販は専業主婦をしている私にとって、流行がわかる一つの手段でもあるので、いろいろなカタログを見て、勉強させてもらっています。その流行に乗っかろうという気は全然ないのだけれど、話のネタになるくらいは頭の中に入れておかないと、時代に乗り遅れてしまいますから。

これからもどんどんカタログやテレビを見て、勉強して、友達と楽しくおしゃべりをしたいと思っています。もっといろいろな種類のカタログが出てきてくれることを、楽しみに待っている私です。

携帯電話を持たされた理由

最近思うのですが、携帯電話を含め、電話ってすごく便利になりましたよね。でも、そのほとんどの機能を使いこなせていない私です。

私が小さい頃、家にあったのは黒電話。もちろん、人を待たせる時の保留なんていうものもありませんでした。当時はなんとも思っていなかったけれど、相手に待ってもらっている時って、こっちの会話は丸聞こえだったんですね。今思うと、なんだか相手に見られているようでイヤです――でも、そういう今もほとんど保留なんて使っていませんが……。

電話をかける時も、いつの間にか回さずに押すようになっていました。自分の子供も含め、今の子供たちって、ダイヤルを回して電話をかけていたということを知っているでしょうか？　うちの子はおそらく知らないと思います。生まれた時からプッシュホンで育っていますから。今となっては、あのダイヤルをもう一度回してみたいですね。戻る時に遅くてイライラしながら、無理矢理戻したりして……。

さらに、今は携帯電話の時代。すごく便利だと思っています。外出先で電話をしようとすると、以前は公衆電話を探さないといけなかったのに、いつも自分のそばにあるんですよ。いつでもどこでもすぐに電話をかけられるなんて、昔は考えられなかったです。連絡したい相手が今忙しいだろうと思えば、メールという手段もあるし。

どちらかというと、私は電話よりもメールを使うほうが多いです。電話だと話が長くなってしまって、ちょっとした用件を伝えるにも、電話料金が高くついてしまうのです。まあ、これは私だけかもしれませんが……。その点メールだと、簡単な挨拶と用件で済みますから。

特に、両親とはメールのやりとりが多く、ほとんど電話はしません。だから、たまに両親から電話がかかってきたりすると、どうしても、「お久しぶり！　元気やった？　どうしたん？」という挨拶になってしまいます。また、急用かと心配にもなります。

今はなんの疑いもなく携帯電話を持っている私ですが、最初は自分が持つなんて考えてもいませんでした。自分から欲しいと言ったわけではなく、持たされたと言ったほうが正解かもしれません。

ある日、主人が会社から家に何度も電話しても、私が全然出なかったことがありました。その頃は社宅に住んでいたので、主人が同じ社宅の方に、うちの車がないので、私が外出しているみたいだと言われたらしいのです。あまり自覚はありませんが、私はよく外に出かけていた（らしい？）ので、急な連絡が取れないという理由から、携帯電話を持たされるようになったのでした。私、そんなにあちこち出かけていたのかなあ？

今は、携帯電話のない生活なんて考えられません。いろいろ遊んでみたり、メールを送ってみたりと、一日に何度も開けたり閉めたりしています。

そんなことをしていると気になるのが、電話料金。家にある電話はほとんど使わないのであまり気になりませんが、携帯電話は結構気にしながら使っています。主人も同じ会社のものを使っているため、家族割引にして、毎月七千円は超えないようにしています。今のところ、主人が海外出張のあった月を除いては、なんとか守られています。これは、ずっと守っていきたいと思います。

また、これから先何年か経つと、子供たちも携帯電話を持ちたいと言い出すと思います。今のところは何も言わず、私たちのものを見てもあまり興味はないようです。でも、友達の中にはもう持っている子もいるようで、欲しいと言うのも時間の問題でしょう。また悩みが増えそうです。

もし、子供たちが持つようになれば、それまでとは違うコミュニケーションの取り方も出てくるのでしょうね。それはちょっと楽しみなような気がします。子供たちと携帯電話でもいろいろと話をしたり、メールをしたり――それを一つの期待の材料として、これからの子供たちとのコミュニケーションを楽しみたいと思っています。

パソコンって難しい

我が家にパソコンというものが来たのは、七年前。今も現役で動いていますが、ほとんど子供のおもちゃ状態になっています。

三年ほど前までは主人も使っていましたが、技術の進歩が速すぎて、そのパソコンでは物足りなさを感じてきたようでした。私はパソコンのことはよくわからないのですが、主人は新しい機種と比べて、「できないものが多すぎる」と言って、どうも新しいパソコンが欲しかったみたいでした。だって、電器屋に行ってはパンフレットをいろいろと集めていましたから。

パソコンのことは主人に任せっきり。私が選ぶのは、見た目、デザインのみです。結局、新しいものを買うことになったのは、三年ほど前。私がいいなあと思うデザインと、主人が欲しい機種が一致したので買いました。

買ったあとも、一から十までセットアップするのは主人。私は、すべて終わったあとに使うだけ。主人のように、あれもしようこれもしようとはせず、決まったことだけをします。というより、知らないことに手を出して、訳のわからないことになってしまったらどうしよう……と思ってしまうのです。

機械はもちろんのこと、電器オンチな私――消極的になってはいけないと思いつつ、どうしてもそうなってしまいます。といって、解説本などを読んで勉強するわけでもないのです。まあ、おそらく読んでもちんぷんかんぷんでしょうけど。

二台目のパソコンは、悲しいことに二年という短い寿命でした。パソコンが立ち上がるまでに二、三十分もかかってしまうことがたびたびあり、修理に出すと、電器屋の方から、「このぶんじゃ、買い替えたほうがいいですよ」と、言われる始末。最後には電源が入らなくなり、電源のスイッチを押すと、ピーピピピ……と鳴り続けるようになってしまいました。

そんなこんなで、だんだんパソコンに触れなくなっていきました。けれど、子供たちの口から「インターネット」という言葉を聞くようになり、やっぱり買い替えるしかないか……と、主人とも相談し、電器屋を三軒見て回り、前回同様、主人は機能、私はデザイン重視という別々の見方で一致したものを買いました。その電器屋はポイントがついたので、そのポイントでプリンターも買い替えてしまいました。

今のパソコンってすごいですね。だって、テレビも見れてしまうのですから。でも、やっぱり私は、パソコンはよくわかりません。今のパソコンでも前のパソコンでも、私の使う機能はまったく変わりません。いろいろ機能がついているのにもったいないですよね、私の場合。

でも、役に立ったこともあります。子供の幼稚園や小学校で役員をした時のこと。お手紙や学校の広報誌の記事などを作成するのに、結構役立ちました。

あとは年賀状ですね。一台目のパソコンが来る前は、住所は手書き、裏は写真屋に頼んでいました。パソコンが来てからは、まず住所が印刷になり、楽になった！と喜んでいたら、今度はデジカメが登場。三台目のパソコンでは、プリンターも新しくなり、表も裏もあっという間にできるようになりました。前のプリンターの場合はすぐに、「疲れた！　ちょっと休憩」と言わんばかりによく止まっていたので、時間がかかっていたのです。

今のパソコンでは、長男が所属しているリトルリーグのホームページを見たりして、楽しんでいます。長男にもいい刺激になっているようで、ホームページに名前が載ると、うれしくなってまた頑張れるみたいです。その長男は、自分でパソコンを使い、年賀状を作りました。時間はすごくかかったけれど、なんとか自分で仕上げていました。

子供たちだけでなく、私たち大人も、これからはパソコンとの距離を縮めていかないといけないような気がします。私のように決まったことだけをするのではなく、いろいろやってみようと、積極的に触れる機会を持たないといけないと思います。

私は、もちろんパソコンは嫌いではないのですが、特に好きでもない感じです。どちらかというと好きなほうだとは思うのですが……。何か楽しくパソコンができる方法ってないのかな？　楽しいのは、ゲームだけでしょうか？　一時期、家計簿をつけたことがあったけれども、三ヵ月も続かずに終わってしまいました。やっぱり使いこなせないのです……これは性格の問題かな？

今回のパソコンには、料理のレシピも入っていたので、見ながら作って、少しずつ慣れていきましょうか。子供たちに負けないように、頑張って触れていきたいと思います。「お母さんすごーい！」と言われなくてもいいから、せめて「お母さん、こんなことも知らないの？」と言われないように……。

十年乗るゾ

結婚してから、何回車を買い替えたでしょう？

結婚当初は、主人が独身の時から乗っていた車、ホンダインテグラでしたが、トランスミッションだったので、私は運転する気もありませんでした。というより、運転できませんでした……免許はトランスミッションで取ったはずなのに。

そして子供が生まれ、ベビーカーが入らないということで、車を買い替えることになりました。

販売店などをいろいろと見て回ったのですが、その当時、藤井フミヤさんがコマーシャルに出ていた車、トヨタマリノになりました。私の一存です。主人は何も言いませんでしたが、本当は違う車がよかったみたいです。なんという女房でしょう……。

その車、駐車場を借りてきちんと入れていたのに、いつの間にかボンネットの横に星三つ……ショックでした。それだけではなく、ある年の正月に主人の実家に行こうと車に乗ったら、なんとワイパーがなくなっていました。これにはビックリ。言葉も出ませんでした。

極めつけは、水族館に遊びに行った帰り。後ろからドカーン！　追突されてしまったのです。子供はびっくりして泣くし、交番に行かないといけないし、最悪でした。その上、私たちの車は後ろがペチャンコになっているのにもかかわらず、相手の車はほんのかすり傷状態でした。

でも、それからは何事もなく順調でした。主人の実家へも私の実家へも、よく走ってくれました。この車は、一回目の転勤の時に一緒に引っ越しし、転勤先の交通の不便さから、私がペーパードライバーを返上した車でもあります。

でも、転勤先の愛知県から大阪に帰省する時には、せっかく車で帰るのに、荷物が入り切らないので、宅急便で荷物を送っていました。これでは宅急便代がもったいないということで、今度はワゴン車に買い替えることになりました。

この時は、主人が言ったわけでもなく、私が言ったわけでもなく、なんとなく日産セレナになりました。

この車は大変活躍してくれました。家から三十分も走れば海だったので、潮干狩りや、特に夏は海水浴にもよく行きました。そうそう、近くにえびせんべいを作っている所があったので、よく試食しにも行きました。何せ、住んでいたのは観光地に片足をつっこんだような所だったもので、冬でもドライブと言っては車で出かけていました。

しばらくの間は、主人と二人で使っていたのですが、主人が会社までマイカー通勤をしなければならなくなり、もう一台買わざるを得なくなってしまいました。平日昼間は車ナシで我慢と言われても、その頃には子供も大きくなっていて、自転車に乗せるには無理があったのです。

軽自動車で、走ればいいからと中古車にすることにして、荷物がたくさん入りそうなスズキワゴンRに決めました。その車も大活躍。郵パックの配達の仕事にも使っていたので、一年も乗っていないのに八〇〇〇キロメートルも走り、中古車の販売店の方にもびっくりされました。仕事を通じていろいろな人に出会い、その車には楽しい思い出がいっぱいです。

その後、埼玉に引っ越す直前に、スズキワゴンRは手放してきました。埼玉では一台しか駐車場がないし、主人は電車通勤になったので。でも、道が狭い所が多く、駐車場にも入れにくいので、日産セレナを今度は軽自動車に買い替えました。

私には軽自動車がちょうどよかったのですが、でも主人は、「男が軽に乗ってたら、上から見下ろされてるような気がする」と言って、嫌がっていました。誰もそんなふうに見ていないと思うんですがね。

また、普段は軽自動車でよかったのですが、主人の両親が来た時などは、四人乗りの軽では大人四人子供二人が乗り切れないので、両親からも替えたほうがいいと忠告を受け、何軒か販売店を回ったり、本を読んだりして、最終的にス○シ○に決めました。最近のワゴン車は大きくなっていて、駐車場に入らないので、「七人乗りで、一番小さいかも」というこの車にしたのです。

車を買う時、値段交渉は主人がするのですが、横で聞いていて「こんなのってあり?」と思うことがあります。

まず、日産セレナを買った時は、

「余裕がないから、これだけしか出せません」

と、先に金額を提示。いろいろなオプションもつけてもらったのですが、金額は頑として譲らず、聞く耳持たずで、結局提示した金額になりました。

今乗っているス○シ○の時は、発売されたばかりで、営業マンも五万円しか引けないと言っているにもかかわらず、主人は、

「ぼく、明日、誕生日なんですよ。だからプラス十万円引いて、これとこれをタダ

でつけて」

営業マンも困惑状態。結局、マネージャーらしき人まで話が行き、やっとのことでOKが出ましたが、最終的には、五万円しか引けないところを三十万円も引かせてしまいました。なんという人……。


今のこの車も、これからどんどん活躍してくれそうです。夏の帰省では東京―大阪間を往復してくれるし、子供の野球の試合で遠くに行く時も楽々です。

主人は（毎回言うんだけれども）、「今回こそ、十年乗る！」と、宣言しています。私もすごく気に入っているので、二人とも「十年乗るゾ！」という勢いです。これから、この車と一緒にいろいろな人に出会い、いろいろな思い出を作っていきたいと思います。

映画がいい？　ビデオがいい？

最近、映画を見たのはいつ？　何を見た？

見た見た！　子供たちと一緒に見に行きました、『アイスエイジ』。久しぶりの映画でした。それまでは、『ポケモン』『デジモン』といったキャラクターものの映画ばかりで、気がつけば寝ていた、ということもしばしば。あとで子供たちと話を合わせるのに必死でした。

子供たちはまだまだ『ポケモン』が大好き。でもここ最近、『ハリーポッター』が公開されてからかな？　他の映画も見たいと言い出したのです。「やったー！これで他のものも見られる！」と喜びました。でも、悲しいことになかなか映画館には行けず、見たいなあと思うばかりの日々です。

子供たちを家に残して見に行くわけにもいかないので、もっぱらレンタルビデオです。レンタルだと、昔の映画も見られるのはもちろん、テレビではやらないものも見られるし、それに家でゆっくりコーヒーを飲みながら見られるという特典までついてくるし。

毎回いろんなジャンルのものをレンタルしますが、特に多いのは、主人は恐怖もの、私はヤクザもの。私は、竹内力さんや哀川翔さんの出演しているものがあると、ついつい借りてしまいます。他には、コメディータッチなものや、ヒューマンストーリーというのか、人間を描いた物語をよくレンタルします。

私のお薦めとしましては、竹内力さんの『ミナミの帝王』。なんかムシャクシャしたり落ち込んだりした時によく見ます。竹内力さん扮する萬田銀次郎は、大阪ミナミの金貸し。借金の取り立てがメインの仕事なのですが、悪い人たちを傷つけるのではなく、頭を使ってやっつけてしまうところが、見ていてすっきりするんです。それから、クールだけど、ニューハーフがよく出てくるようなコメディータッチなところもあって、楽しさも盛りだくさんです。

また『仁義』もよく見るビデオです。竹内力さんの仁と榊原利彦さんの義郎とのかけあいが面白いのです。これって、もしかして私が出演されている方のファンなだけだったりして……。

自分でも、こんなにもヤクザものが好きだとは思いませんでした（ヤクザものといっても『極妻』などはあまり見ません。コミカルなヤクザものとでも言いましょうか――楽しいヤクザものです)。結婚してから、たまたまレンタルしたのが、この『ミナミの帝王』。それから、はまってしまっています。

それまでは、借りたくても借りられなかったのです。だって、実家にはなかったのです……ビデオデッキが。さすがに今は、孫のビデオを見ないといけないので、ありますが……。

レンタルがいいといっても、やっぱりあの大きなスクリーンと迫力のある音には勝てません。でも、いつになったら映画館でゆっくり映画を見ることができるのでしょうか? 楽しみにしているのですが、もうしばらくは無理みたいです。もっと子供たちが大きくなり、友達と出かけるようにならないときっと無理ですね。それまでは、我慢――でしょうね。

これからもビデオをレンタルし、いろいろな映画を見ると思います。楽しくてグッとくるような映画が、どんどんこの世に出てくることを期待しています。もちろん、『ミナミの帝王』の最新作も待ってます。さて、今度はいつビデオを借りに行きましょうか?

大好きなもの

「やった！　当たった！」

そう、懸賞で当たった時に、私が絶叫するだろう言葉。

趣味というほどではないのですが、私はいろいろな懸賞に応募するのが好きです。

当たったこと？　ゼロに等しいくらい当たっていませんが、一番最近というと、二年ほど前、ポケモンのレジャーシートが当たりました。確か携帯電話の懸賞だったと思います。

私が懸賞に応募し始めたのは、中学生の頃。ラジオ番組にリクエストハガキを出すと、抽選で賞金や賞品が当たるので、毎日毎日飽きもせず二枚ずつ書いて、毎朝、中学校前のポストに入れていました。でもその結果はというと、散々なものでした。毎日出していたにもかかわらず、バインダーノートとシャープペンシル、それと番組特製のシールが当たったぐらい……。

でも、ハガキには日記を書くかのように一言ずつ書いていたので、読まれたことは何度かありました。読まれた時には、もう万々歳でした。一番最初に読まれたのは、中学二年生の時。クラブでバスケットボールをしていて、大会で準優勝したので、そのことを書き、アリスの『チャンピオン』をリクエストしたハガキでした。その頃は、ハガキを書くこと、賞金の一万円を当てることに命を懸けていました。大げさでしょうか？

私の周りにいた人は、きっと、「当たるわけないのに、バカらしい！」と言っていたことと思います。私自身もそう思ったことが何度もありました。が、いつの間にか私の手には、ハガキとカラーペンがくっついているのです。ラジオを聴きながら勉強をしていたのですが、はたして、机に向かって勉強をしていたのかハガキを書いていたのか……？

やがて、高校、大学になるにつれてあまりラジオを聴かなくなりました。それに代わって私の前に現れたのは、雑誌です。書店でわざわざ自分で買ってくる雑誌から、新聞の集金の時に持ってこられるパンフレットまで、いろいろな雑誌に目を通し、欲しい物があると、ハガキを書いていました。

でも、当選確率はゼロでした。いろいろな商品に応募しようとすると、一商品に対してどうしても二枚は書けません。一枚ずつしか応募していなかったので、だから全然当たらなかったのだと思います。本当に当たりたいと思っていたのか、自分で疑ってしまいます。

でも、たまに雑誌やテレビなどで、「私は、懸賞でこんなにたくさん当たりました！」なんてやっているけれど、私はそこまではのめり込めません。いいなあと思いつつも、ハガキ代が頭の中を横切って行くのです。私って根っからのケチ？　たった一枚の応募でも、当たる方法ってないのでしょうか？

最近は、単なる懸賞ではイヤになってきて、パズルを解いて応募するものに変えました。パズルもできるし、応募もできるしと、私にとっては好きなことが一度に二つもできるというので、もう楽しくって楽しくって……。子供たちが学校に行っている間にやっています。クロスワードパズルやイラストロジックなど、なんにでも手を出しては応募しています。それで当たったことは――やっぱり、一度もありません。私の運はどこに行ってしまったの？

主人曰く、

「府営住宅に当たったのが、最大の運。その時に先の運まで使うてもうた」

だそうです。本当にそうなのかなあ。でも、あの時は確か補欠当選だったはず……だから、少しくらいの運は残っているはず、と思うのですが。

当たらないけど好きなので、私はこれからも応募するでしょう。いつか当たることを信じて……。こんな親を見ているからか、子供も好きみたいで、アイスやインスタントヌードルのバーコードを集めては応募しています。親子でどっちが先に当たるか競争ですね。私も子供に負けないようにハガキ書こっと！

苦手なもの

食べることは好き！　だけど、料理するのは、はっきり言って好きじゃない。でも、食べることが好きといっても、高級料理なんて食べたこともないし、別にグルメというのでもない。食べ物で何が好き？　と聞かれても、特にないと答えることしかできません。

毎日、夕方になると憂鬱になってしまいます。だって、夕食の準備をしないといけないから……。冷蔵庫を開けて、中身とにらめっこ。買い物は週末にドーンとするので、週末が近くなると、さらにすごく悩みます。冷蔵庫の中は、牛乳とヨーグルト、それに卵だけという状態になりますから。

買い物は、一週間のメニューを考えてから……なんて思っていると、高くてもそのメニューの材料を買ってしまいそうになります。だからといって、安い物ばかり選んでカゴに入れていくと、スーパーの中を回っているうちに、カゴからあふれんばかりになってしまいます――どちらがいいのでしょうね？

悩みに悩んでもメニューが浮かんでこないと、親子丼になることが多いように思います。楽だし、材料は常に冷蔵庫にあるし……。あと、お好み焼きと焼きそばも多いです。これも、楽だから。特に、お好み焼きは材料を切ってしまえば、あとは子供たちの担当。混ぜてくれます。焼きそばの時も、ホットプレートさえ用意しておけば、二人で競争でもするかのように炒めてくれます。

子供たちはタコ焼きも大好き。我が家では、タコ焼きも立派な夕食のおかずになるので、すごい量のタコ焼きを作らなければなりません。中身はというと、タコはもちろん、ウインナーが入ったり、チーズが入ったりと、子供たちがそれぞれ好きなものを入れてくれます。でも、焼き係の私に食べる時間がないのが難点です。

夕方から夜にかけて出かける時は、カレーやハヤシライスになります。子供たちは、「カレーだったら、毎日でもいいよ」と言ってくれますが、そうはいかないですよね……。

こんな私でも、たまにはレシピを見ながら料理をすることもあります。でも、冷蔵庫の中身と相談していると、レシピはいろいろあるのに、作るのは同じようなものばかりになってしまいます。

私としては、いろいろな料理を家族の前に出してみたいし、それに、一度くらい楽しく夕食の準備をしたいのですが……。なんでも、「面倒なのはイヤ、楽がしたい」と思っているうちはダメなのでしょうね。洗いものさえも、どうしたら一つでも少なくなるか、なんて考えているのですから。それでまた、そういう工夫だけはいろいろと思いつくのです。

テレビの料理番組を見ていても、その時は真剣なのですが、その日に材料がなければ作らない。いざ作ろうと思った時には、もう忘れてしまって作れない。そのくり返しで、何度「メモすればよかった」と思ったことか……。

でも、私にとっては大さじ何杯とか何グラムというのは必要がないのです。というより、性に合わないのです。だから、私の料理は毎回味が違います。同じように作ったつもりでも、「前は甘かったのに、今回はちょっと辛い」なんて言われることもしばしば。

いつもはなんでもイヤイヤ作っているのですが、たまには張り切って作る時もあるのです。年に数回程度ですが――子供たちの誕生日とクリスマスです。

誕生日のメニューは、子供に「何が食べたい?」と聞くようにしています。毎年同じようなものですが、子供たちがリクエストするメニューに、あと一品加えるようにしています。そして、おにぎりは定番で、毎回テーブルに載っています。

クリスマスは、毎年子供たちと一緒に作ることができるメニューを考えます。ケーキのトッピングは子供たちの担当。マーブルチョコや小枝チョコなどのチョコレートで飾ってくれます。こんな私でも、ケーキを作る時だけは、材料をキチンと量ります。

それともう一つ。ブロッコリー・タコのウインナー・ウズラの卵などで、クリスマスツリーを作ります。真ん中の芯は、白菜だったり発砲スチロールだったりで、つま楊枝で刺していくのです。子供たちも楽しんでやってくれます。おいしそうに見える見えないは別にして……。

長男は今、ポテトサラダに凝っていて、よく作ってくれます。これが結構おいしくて、揚げ物などのつけ合わせにちょうどいいのです。でも、作っている時は横で見ていてあげないとダメだし、こちらが時間のない時に限って作りたいと言い出すものですから、三回に一回くらいしか作らせてあげられません。

今は男の子も料理ができたほうがいいのですが、まず私が勉強しないといけませんね。それにはやっぱり、面倒だと思うのをやめないとダメなようです。それに目分量も——今はありますが、実はつい最近まで計量スプーンというものが家になかったもので……。

平日は、家にいる私しか料理を作る人がいないので、ちょっとずつ頑張っていきたいと思います。でも、休日は主人に頼もうかな？　さて、明日のメニューは……違う、今晩のメニューは何にしよう？

遊べる広告

広告ってなんとなくいい。スーパーのチラシにマンションのチラシ——と、いろいろあるけれど、私はとにかく、すべての広告に目を通します。朝、主人も子供も出かけたあと、コーヒーを飲みながらゆっくりと時間をかけて。とりあえず、それが私の日課です。

マンションや家の広告の間取り図をじっと見つめ、

「ここ、ええなあ、広くて。ここは子供部屋にぴったりやなあ」

とか、

「これは気に入らん。家具置きにくそう」

などと、誰もいないのにしゃべってます。また、車の広告を見ていると、

「この車ええねんけど、顔が気に入らんわ。うちの車が一番やわ！」

と文句ばかり。

マンションも車も、別に買うわけじゃないのに、私一人で品評会を開いています。

結構楽しいんですよ。言うだけ言うとスッキリして、次の仕事に移れるし。こんな私って変でしょうか？

だから、広告の少ない日はあまりスッキリしません。また、月曜日は品評会ができるような広告があまり入っていないので、私にとっては少し不機嫌な日です。

好きな広告の一つに、通販の広告があります。通販といっても、『大金が手に入る財布』とかいう感じのもの。私はその体験談を読むのが好きなんです。「ほんまかいな」とかぶつぶつ言いながら……。もちろん、読むだけで買いませんけどね。

スーパーの広告もよく見ます。でも、どこのスーパーで何が安いかをチェックするのではありません。私としては、買い物は一つのスーパーで済ませたいので、その日一番欲しい物が安くなっているスーパーを探すためです。でも、それで行っても、結局他のものをたくさん買ってしまって、高くついたという時がよくあります……。

また、とにかくよく目につくのが、電器屋の広告。これがまた細々していて、見るのに結構時間がかかるのです。でも、別に欲しい物は何もありません。ただ、パソコンやテレビが、家にある物と比べて値段が下がっていなかったらホッとしたり、反対にこの間買ったはずなのに、もうこんなに下がってしまったと、ショックを受けたりしているだけです。

「へー、今ってこんなのがあるんだ。こんなのが主流なんだ」と、どの広告を見てもブツブツ言っているのだと思うと、自分ながらおかしくなってきます。

日曜日に多いのが、求人広告。また楽しいんですよね、これを見るのが。時給のいい仕事があると、主人と二人で、

「ほんまにこんだけもらえるのかなぁ？　やばい仕事？」

なんて言い合ったりして、求人広告だけでも結構遊んでいます。別に主人は転職する気もないし、私も今は仕事を探しているわけじゃないのに。

私が見たあとの広告たちの行き先は、廃品回収です。でも、ゴミ入れになる広告たちもいます。台所では野菜くずを入れたり、居間ではミカンの皮やお菓子の袋を入れたりしています。途中まで折っておくと、子供たちが完成させてくれるので、折り紙感覚で楽しくゴミ入れを作っています。

最近ではめったに見かけなくなった、裏が白の広告。たまに見つけると、子供たちの落書き用紙へと変身します。裏が白い広告を何枚かためてホッチキスで留めておくと、子供たちはあみだクジや迷路を描いています。

私たちの生活には欠かせない広告ですが、あまり多いのも考えもので、見る時間

が長くなってしまいます。たまに新聞本体よりも多い日もあるので、郵便受けから取り出す時に、新聞が破れてしまったりもするのです。

でも、これからも楽しい広告が入ってくるのを待っています。広告一つで遊べるし、少しだけど、主人との会話も増えるし、いいことがたくさんあると私は思っています。それに、私一人の楽しいひと時も過ごせるのですから……。

方言ってやっぱりあった

大阪生まれの大阪育ちの私にとって、大阪弁は標準語。でも子供たちは、大阪弁というと「なんでやねん!」ぐらい。子供がしゃべり出す前に、転勤で大阪を離れてしまったためです。

家では主人と私が大阪弁でしゃべっているのに、外の影響が強いのか、子供たちはほとんどしゃべりません。最初のうちは、家と外で使い分けていたみたいだったのですが、最近は家でも標準語で、完全に東京っ子になっているようです。たまにポロッと大阪弁が出るのですが、それがまた、無理矢理大阪弁をしゃべっているようで面白いのです。

私は、大阪とはいえ中河内に住んでいました。俗に河内弁といわれる言葉をしゃべっている所です。でも、私自身が河内弁をしゃべっていたかどうかはわかりません。だって、会社に勤めていた時も、主人と出会った時も、しゃべっていても別に違和感はなく、自分の話している言葉もきついとは思わなかったのですから。

転勤で愛知県半田市に行っても、周りは大阪の方が多かったので、話していても特に何も思いませんでした。でも、子供が幼稚園に通うようになった頃から、「方言ってやっぱりあるんだー」と感動することがたびたびありました。大阪と愛知なんて、あんなに近いのに、ところどころ言葉が違うのですから。それから、埼玉に来ると、またいろいろ違うんですよね。

例えば、私たちが「メッチャかわいい！」と言っているのも、東京では「超かわいい！」になるし、半田では「デラかわいい！」になるのです。今は大阪でも「超○○」と言うのかもしれませんが、私はやっぱり「超」より「メッチャ」の方が言いやすいですね。それに、なんとなくそのほうが相手に伝わるような気もします。

ただ、別に隠しているわけじゃないけれど、今は意識して東京の方に合わせることもあります。でも、長年の大阪の言葉はなかなか抜けなくて、最初の一言を口にするとすぐに、「関西の人?」と言われてしまいます。

ある日、子供のリトルリーグの試合でうぐいす嬢をした時などは、「思いっきり、大阪弁」と言われてしまいました。おかしいなあ……。

東京や埼玉の方と付き合うようになってから、

「大阪の言葉っていいねぇ。大阪弁しゃべれて羨ましい」

と、言われることがたびたびありました。大阪弁って、そんなに聞こえがいいのかしら？　それまでは、「喧嘩してるみたい」と言われたことはよくあったのですが。

子供たちの友達と話す時も、バリバリの大阪弁で話しているので、子供の友達からは、

「おばちゃんの話し方って、テレビ見てるみたい」

なんて言われてしまい、思わず、大人げなく言い返してしまいました。

「おばちゃんからしたら、あんたらのほうがテレビ見てるみたいやで」

今は、思いっきり大阪弁を話して楽しんでいます。特に、電車やバスに乗っている時には、大きな声は出しませんが、わざと周りの人に少し聞こえるぐらいの声で。小さな声でも、東京の電車の中は静かなので、聞こえていると思います。その時の周りの人の目をちらっと見ては、反応を見て楽しむのです。最近は、関西の芸人さんもたくさん東京に進出してきて、大阪弁もよく耳にするようになりました。だから、奇異な目で見られることもなく、楽しむことができるのかもしれません。

これからもどんどん大阪弁がメジャーになってほしいと思っています。そうすると、私の楽しみも大きくなるのですから……。

私も親の子 ―先生業をやってみました―

私が今まで先生と呼んできた人は、学校の先生をはじめ、たくさんいました。面白かった先生、恐かった先生、楽しかった先生と、いろいろな先生に出会いました。でも、その中でも心に残る先生というのは、数少ないと思います。

出会った先生の中で、今でもまだ交流のある先生は何人かいます。といっても、年賀状などの挨拶だけという先生がほとんどです。でもただ一人、年賀状だけでなく、何かあるごとに、すべて手紙で連絡を取っている先生がいます。

それは、私が小学校四年生の時の担任の女性の先生です。その先生は、私の父が小学生ぐらいの時から教師一筋で、私が担任してもらった時点ですでに「おばあちゃん先生」でした（失礼かな?）。さすがに体育だけは男性の先生に代わってもらっていましたが、国語と音楽が大好きで、とても楽しい先生でした。体型からか、ニックネームは「キューピー先生」で、私はもちろんみんなから親しまれていました。

当時は授業数も多く、授業の中には「作文」という時間もありました。私は、なんでも自由に書けるというのがうれしくて、そして、先生は何をどんな風に書いても、決して何も言わずに読んでくれました。私が今こうして文章を書いているのも、先生のおかげかもしれません。

また、先生はテストを返す時に、名前と点数を読み上げて返してくれました。私は、自分で言うのもなんですが、成績は悪くなかったので、点数を読み上げられると、次も頑張ろうという気持ちになりました。あとにも先にも、このような先生はキューピー先生ただ一人でした。

もちろん、それだけ私の心に残っている先生ですから、結婚式にも招待させていただきました。先生は、真っ赤なドレスにベレー帽。かわいかったです。ホント、キューピーちゃんが赤いドレスを着ているみたいで……。

私は、そんな先生に出会えただけでなく、一年間担任を受け持っていただいたことに、とても感謝しています。先生は大げさと言うかもしれませんが、先生に出会っていなかったら、今の私はいなかったかもしれないと言ってもいいほどの先生でした。

先生といえば、私の両親も先生です。父は珠算と書道、母は珠算。昔々の寺子屋みたいと、よく友達に言われました。そういうこともあってか、私も一度だけ先生をしたことがありました。

長男が小学三年の時、たった四時間だけでしたが、長男のクラスの児童にそろばんを教えたのです。私たちが子供の時は、クラスのほとんどがそろばんを習っていたのに対して、今はクラス三十人のうち三人だけが習っているという状況でした。

長男は、私が授業する日の朝、必ず、

「なんかドキドキする。間違えてしまったらどうしよう」

と言っていました。イヤなのではなく、照れくさかったようです。

私は父母が教えているのをずっと見てきたので、教え方はある程度わかっているつもりでした。でも、そろばんに触れたこともないという子もいたため、まずそろばんの持ち方から教え、大きなそろばんを前にして、「ここが一の位、ここが十の位……」というふうに、順に教えていきました。

すぐにわかる子、なかなかわからない子といろいろで、先生の大変さが身にしみました。家に帰ってからは、悩み、勉強しました。だって、同じ教えるのだったら、クラス全員にわかってほしいですから。

四時間の授業が終わり、みんなにわかってもらえたのか心配でしたが、ホッとしました。それにしても、教壇に立つということがこんなに楽しいことだというのを、初めて知りました。でも、毎日だとやっぱり大変なのかもしれません。たった四時間、それもそろばんだけだったから、楽しかったのでしょうね。

普通に専業主婦やパート勤めをしているだけだったら、経験できないことだったので、当時の長男の担任に感謝しています。また今度というのはないでしょうから、このことを心の中に刻んでおきたいと思っています。

家族

でも　私　ちょっと気に入らない

だって　私の話聞いてる?
私はあなたと話がしたいの!
もっともっと　たくさん話したいの!

十代——いろいろ遊んだ
好きな人もいっぱいいいた

二十代——あなたと出会った
いつの間にか
私の心は決まっていった

三十代——現在進行形

家族

私はとっても幸せなんです

気がつけば　家の中で
キャッチボールをやってたり
テレビを見ながらしゃべってたり
たまには　喧嘩もするけどね

ねえねえ　言ってたよね
六十歳になったら
真っ赤なスポーツカーに乗るって
街中を風を切って走るって
私　ほんとに楽しみにしてるんだから

年とって　子供たちは独立すると
二人になってしまうよね
もっともっと仲良くしようね　今以上に

子供たちが羨ましがるくらい
二人手をつないで歩こうね
これからもずーっとね！

ありがとね——よろしくね

出会いがあって、今があるんだけど

「あんたらって、ラブラブやなあ」

友達からそう言われても、何も言い返せなくて……。いきなり少しのろけてしまいましたが、お互いそれは認めていますね。他の人から見ると、主人は子煩悩で、夫婦の仲もいいいらしいのです。十二年経った今も、手をつないで歩きますから、子供の前でも。

そんな主人とは、「げっ！　姉妹校やん！」という言葉から始まりました。就職が決まり、入社する前にいろいろな会社の新入社員を集めた研修があった時に、二人はたまたま一緒のグループになったのです。そこでの自己紹介で出身校名を言った時に、お互いにそう思ったのでした。

もう十五年も前のことです。二人ともまさかこうなるとは思ってもみなかったでしょうね。少なくとも、私はそうでした。今考えると、本当にまさか……ですから。

最初は、主人の会社と私の当時勤めていた会社の、新入社員同士の何人かの大きなグループで遊んでいましたが、一人減り、二人減り……とグループが小さくなっていき、そして最後に気が合って残ったのが、主人と私だったのです。

その時の気持ちのまま、今までずっと来たとは思ってはいませんが、私自身の中では、その時の気持ちは心のどこかで続いていると思っています。

私がクモ膜下出血で入院した時はすごく心配してくれて、毎日病院まで足を運んでくれました。症状が軽かったというのもあって、誰にも病院名を言っていなかったので、当然誰も病院には来ず、唯一外の人と話せる機会だったので、ありがたく思っています。おしゃべり好きの私が一日中ほとんどしゃべらずに過ごせたのも、主人が病院に来てくれた時は、ずっと聞き役に徹してくれたからだと思います。

それから、調子の悪い時だけでなく、何もない時でも、会社帰りには帰るコールを入れてくれて、必ず「今日、何か変わったことあった?」と、聞いてくれます。

二人とも物静かなほうではないので、子供たちが寝てしまったあとも賑やかです。例えば、ストーブの灯油がなくなると、お互いに入れに行くのがイヤなのでジャンケンをして決めたり、テレビを見て笑ったり、怒ったり、反論してみたりと、外で聞いていたら、いったい何時まで子供を起こしておくんだと思われるような賑やかさ。何事に対してもそんなふうで、遊んでいるような毎日です。静かなのは、寝ている時ぐらいかな？　でも誰かに言われそうですね、「いびきと寝言は？」と。

どこに行くのも一緒、何をするにも一緒。でも、家の中での主人は、あまり他の家と変わらないと思います。別に他人の家を覗いたわけではありませんが……。そう、主人は、ゴロッと横になったらもう動かない。特に冬は、こたつに足を突っ込んでしまうと動きません。そればかりか、気がついたら寝てしまっています。

用事を頼むと重い腰を上げてくれるのですが、「お尻から根っこが生えてるんと違うか！」と言いたくなるほど、なかなか動こうとしません。外で仕事をしてきて、疲れているのはよくわかるんですよね。私も仕事をしていましたから。朝から満員電車に乗って大変なのも。だけど、もうちょっと動いてほしいのです。そんなふうなので、最近は少し諦めモードになってしまっています。そのぶん、子供たちが動かされているような気もします。

私もいろいろ試してきた結果、「やって！」と言うのではなく、「やってほしいなあ」という感じの言い方にすると、結構動いてくれるように思います。あっ！　ここで手の内を見せてしまったら、もうダメでしょうか……？　でも、ここまで来るのに、十年以上の歳月がかかってしまいました。

普段は仲のいい夫婦ですが、喧嘩ももちろんします。でも、それほどはしませんし、するとしても口喧嘩ですね。今まで手を出したこともされたこともありません。

口喧嘩といっても、私が一方的に言うだけなのですが、喧嘩をしてしまうと、お互いに口もきかなくなってしまいます。でも、どうしても子供のことで話さなければならない時が来るんですよね。それからは、何事もなかったようにしゃべるようになります。でも、喧嘩の原因なんて、しゃべるようになる頃には忘れてしまっていることがほとんどです。

喧嘩もしながら、仲良く毎日を過ごしているわけですが、これからも今までと同じような調子で、夫婦の世界を作っていくと思います。まだまだ続く世界ですから、楽しく、喧嘩して、話をして、泣いて、笑って……いつかは、あうんの呼吸でなんでもわかり合えるような二人になりたいと思っています。私たちには父母たちというい先輩がいるのですから。できるよね！　きっと！

これから先、主人の親と同居ということも出てきます。主人は私の性格をわかってくれていると思っているので、大変だとは思いますが、よろしくお願いしますね！　でも、私そのことに関しては、なんの自信かわからないけど、自信があるし、ストレスをストレスと感じないので、いろんなことを乗り切っていけますよ！

義父母・父母からすると、私たちはまだまだ子供で、いろいろな心配をかけていることでしょう。でも、いつかは恩返しができると思っています。気負いはないけれども、そうしなければいけないと思っています。まずは、両親には安心して生活をしてもらうことですね。だから、私たちが仲良く暮らすということが大事なんですよね！

ということで、今までと同じように、ラブラブな夫婦でいましょうね！　何となくほほえましく見えてしまう、老夫婦が仲良く並んで歩いている姿。——そんな夫婦になりましょうね。あまのじゃくな私ですが、これからもよろしくね！

この差は何？

子供たち二人は男の子。年子で産んだけれども、実際は一年十ヵ月の年の差です。私が弟とは七歳も違うので、あまり年の差をあけたくなかったのです。妊娠して、気がつけば年子。でも、半分は計画でした。

私は二人とも、つわりの「つ」の字も知らず、産む時は安産で、主人が言うには、たばこを吸う間もなかったほど早かったらしいです。私自身は二人とも苦しんで産んだつもりなんですけどね。

長男の出産の時は、朝出血したので母にそう言うと、「働きが足らんのと違うか」と言われ、しばらく我慢しました。それでもどうしても我慢できなくなり、結局昼過ぎに病院に行ったところ、助産婦の方に「出血したんなら、もっと早よ来なあかんやろ」と、怒られてしまいました。

その時は、なんて母親だ！　と思ったのですが、ずっと一緒に病院にいてくれたのも母親で、不安だったのでありがたく思っています。

先生に、産まれるのは明日の朝ぐらいかなと言われていたので、母も主人も徹夜を覚悟していたのに、産まれたのは、午後八時半。診察時間が終わってすぐだったので、病院のスタッフの方全員に誕生を祝っていただきました。予定日より九日早くて小さめの赤ちゃんだったために、早かったのでしょうか。

次男の時はもっと早くて、それこそ主人は、たばこに火をつけることもできなかったそうです。まだ大丈夫と思って家にいて、もうダメという時に病院に行き、長男を病院の中でお昼寝をさせ、私は分娩室へ。そこに入ったら安心したのか、あっという間に産まれてしまいました。

たまたま私の友達が病院に来ていて、階段を上ろうとした時に私が分娩室に入り、上りきるまでに産声を聞いたらしく、あまりにも早くてビックリしたと話していました。助産婦の方にも、「三人目はトイレに落とさないでね」と言われてしまいました。次男は少し大きめだったのですが、十日早く産まれました。でも、検診の時、先生は確か女の子と言っていたはずなんだけど……。

長男は本に書いてあるとおりの子供で、ミルクとミルクの間隔は三時間と書いてあれば、そのとおりに欲しがり、そろそろ四時間になると書いてあれば、それまたそのとおり。また、夜泣きはほとんどしませんでした（一、二回はあったかな?）。

その頃の悩みといえば、自分の思いが通じなかったりすると、どこにでもおでこをぶつけてしまうことでした。家の中ならまだしも、外でも同じで、コンクリートであろうが砂であろうがやってしまうので、悩んでいました。でも八ヵ月で歩き始め、その頃からはだんだんぶつけることが減ってきて、いつの間にかしなくなったのでホッとしました。

次男はというと、本なんて参考になりませんでした。病院でのミルクの量も、他の赤ちゃんは二〇㏄や三〇㏄のところを、いきなり一〇〇㏄、一五〇㏄ですよ。これにはみんなビックリ！　それに、私もそれ以上に母乳が出たので、またまたビックリされてしまいました。また、楽なことに一回にたくさん飲むので、五時間六時間と寝てくれるのです。

家に連れて帰っても、よく飲んでくれてすごく助かりました。一ヵ月の頃になると、二〇〇㏄も飲んでいました。が、二ヵ月で大阪から愛知県半田市に引っ越しをしたところ、なぜか今度は五〇㏄を飲ませるのがやっと。私も飲ませるのがイヤになり、二ヵ月から離乳食を始めました。するとパクパク食べ、六ヵ月頃にはおにぎりにかぶりついていました。そして十ヶ月でミルクをやめ、特に夜のミルクをやめると、夜泣きがピタッとなくなりました。よっぽどミルクがイヤだったのでしょうか？

また、上の子は四月、下の子は二月生まれなので、幼稚園に入る際、上の子はある程度のことはできるようになっていたのですが、下の子は何もできないまま入園なので、悩みました。けれども、下の子の入園時は子供が多かったため、抽選で補欠になり、内心ホッとしました。そして、その後たまたま人数に空きができたため、十一月に入園という形になりました。ちょうどその頃、下の子に幼稚園に行きたい病が出てきていたので、グッドタイミングでした。

同じ父・母から産まれたので、確かに顔や見た目はよく似ていて、「年の違う双子」と言っているほどなのですが、なんでこんなに違うの？　とつくづく思います。それまでも、一人一人違うんだと頭ではわかっていたつもりですが、自分の子たちがこれだけ違うということを、全身でひしひしと思うようになりなした。

そして、だんだん大きくなるにつれて、性格の差も大きくなってきました。長男は、周りのことを気にしながら自分のことも進めていき、なんでもそつなくこなします。次男はどこからどう見てもマイペース。周りは関係なし。競争はしたくないけれど、負けず嫌い。負けようものなら、涙、涙……。

将来のことにしても、長男は野球選手になることを夢見て、今リトルリーグで頑張っています。どこから見ても誰が見ても野球小僧です。けれど、優しい性格のせいか、なかなか人を追い越そうとせず、人のあとをついていっているような感じがしてなりません。そこがいいところでもあるのですが……。楽しんでやってくれればいい、と口では言えるのですが、練習を見ていると、歯がゆくてイライラしてしまうこともしばしば。最近、主人にしごかれて、ちょっとは形になってきたと思います。

次男はというと、将来何になりたいというのはなく、尋ねると「勉強する」と答えます。どうも近い将来のことを言っているみたいで、もっと大きな夢を持ってほしいのですが……。幼稚園の頃に尋ねた時は、「仕事しない」と答え、仕事しないとご飯が食べられないと言うと、「五つ仕事する」という答え。あーぁ何を考えているのやら……。

これからしばらくは学生が続くのだから、勉強は大切。けれど、長男には優しさと人を思いやる気持ちを忘れずに、次男には天然ボケのようなユーモアを忘れずに、これからの人生、切り抜けていってほしいです。お母さんも、あなたたちのいいところをいっぱい見つけて、いっぱい褒めてあげられるように努力しますね。いつも笑っていたいもんね！

記念日は忘れるもの？

亜麻婚式――結婚十二周年の記念日のことをこう呼ぶそうです。英国式の結婚記念日の呼び方らしいのですが、私たちは、おそらく何もしないでしょうね。気がついたら「あーそうやった。過ぎてしまったね」で、終わりのような気がします。だって、十年目の時でさえもそうだったから。

その十周年までにはほど遠い頃、結婚している友達と、「十周年の時って、どうするの？　何するの？」と女ばかりで盛り上がったことがありました。友達の中でも一番結婚が遅かった私は、みんなが十周年の時どうするのか聞いて、「○○さんのとこは、こんなことするらしいねんけど……」というふうに主人に話そうと思ったのです。

友達とは、

「スイート・テン・ダイヤモンド、どうする？」

「どんなん買ってもらうの？」

なんて、夢みたいなことも話してました。貰えないとはわかっていても、話だけならタダだもんね！

でも、私たち夫婦はというと、結局何もしないまま、その日が過ぎていってしまいました。何かをしようという企画もしないうちに、あれっという間に、その日は遠く遠く去っていきました。

男性ってみんなそうなのでしょうか？　まだ、誕生日と結婚記念日を覚えてもらっているだけでもましなのでしょうか？　でも、結婚何年目というところはあやふやです。子供の誕生日はしっかり覚えているのにねぇ！　あ、だからかな？　実は私と次男の誕生日は一日違い、結婚記念日は義父の誕生日なのです。覚えているんじゃなくて、忘れようにも忘れられないのかも……。

人にはそれぞれいろいろな記念日があると思いますが、特に女性は記念日を大切にしているように思います。私もひと昔（?）前まではそうでした。「今日は○×記念日だよ」なんて言っていたように思います。時が経つにつれて、一つ消え、二つ消え……と頭から離れていっているように感じます。これって、だんだん男性に近づいてる？　それとも、年を取った証拠でしょうか？

結婚した当初は、初めてデートした日、結婚を決めた日など、記念日はいろいろありました。そう、毎日が記念日みたいなものでした。特別に何かするわけではありませんが、何となくその日はウキウキ気分でした。ということは、毎日がウキウキ気分だったのでしょうか？

今はもう、悲しいことに、記念日といえば結婚記念日のみとなってしまいました。それだけでも忘れないよう、主人に忘れられてしまわないようにしていきたいです。その日に特別なことをしなくてもいいので……。結婚記念日を忘れてしまったら、夫婦も終わりか？　と私の中では思っています。

また、今度は二人じゃなく、四人の記念日を作れたらいいなあとも思っています。私だけがそう思っているのかもしれませんが、だって、記念日のない生活って、ただ単に一年間を過ごすようで、つまらないじゃないですか！

でも、作ろうと思って作れるものでもないと思うし、家族で生活していく中で、自然に記念日ができればいいなと思います。それが、他人にとってはなんでもないことでも……。

人生最大のピンチ

「この子、両方とも聞こえてないよ」

これは、次男が二歳の時に、医者から言われた言葉です。私の中の何もかもが崩れていくような衝撃を覚えました。

次男はミルクを飲まなくて、でも無理矢理飲ませるのはイヤなので、食事をあげていました。そのためか、一歳半の検診で小さすぎると言われました。

そして、二歳の時に再検診のため、呼び出し。その時に、聞こえが悪いと保健婦の方に言われました。それからすぐ病院に行き、医者から冒頭のように言われたのです。私はショックでショックで、どうして毎日接している私が気づいてあげられなかったのだろうと、自分を責めました。

当時、次男は鼻水ズルズル状態で、私は風邪をひいたんだと思い、ずっと風邪薬を飲ませていました。それが、実は耳が痛くならない中耳炎――滲出性中耳炎になっていたのです。私は勉強不足で、中耳炎というのは耳が痛くなるものだと思っていたので、まさかと思いました。

治療を始めて半年ほど経った時のこと、「中耳炎は治りました」と言われました。けれど、ホッとしたのもつかの間、今度は、「精密検査を受けるのに、紹介状を出しますから、そこに行ってください」という医者の言葉。私はまたショックで、そのあとどうやって家に帰ったのか覚えていなくて、あとから考えると、よく事故を起こさずに車を運転して帰ってきたなあ……とゾッとしました。

どんどん悪いほうに考え、けれどもどうすることもできない自分に腹を立てました。でも長男にはそんな顔を見せられないし、主人もつらい目にあわせたかもしれません。

紹介された病院に行き、いろいろ検査をした結果、次男の右耳は、ほとんど音のない世界にいたのです——それも生まれつき。右耳感音難聴という病名までつきました。そして治療の余地は、今の医学ではないとのこと。

今度という今度は、ショックどころか、自分の身をどこに置いていいのかわからなくなってしまいました。でも、何かが原因というわけではなく、生まれつきというのが、私にとっては救いでした。片方が聞こえないのではなく、片方は聞こえるんだと思えるようになり、だんだん良い方向に考えられるようになりました。もちろん、時間はかかりましたが……。

　二歳半で病名がわかり、それからは、まだ何もわからない次男に、

「あなたは片方の耳が聞こえないの。右耳が聞こえないんだよ」

と、残酷だとは思いつつ、言い続けてきました。おそらく、本人にはなんのことかわからなかったと思います。だって、生まれてからずっと聞こえないのが普通だったのですから。先生から、

「聞こえないということを、自分で人に話せる子にしてください」

と言われて、私は彼にそう言い聞かせることしかできなかったのです。

　それから二、三ヵ月に一度というペースで検査をしてきました。聞こえるほうの耳を大事にするためにも、常に検査をしておかないといけないらしいのです。もし、また中耳炎になってしまったら、両耳が聞こえないという事態になる可能性もあるのです。しかし、六年経った今、やっと一年に一度のペースになり、私も次男も少し解放された気分です。

　次男は最初は病院がイヤでイヤで、白衣を見るだけでずっと泣いていたのが、いつの間にか静かに診察を受けられるようになりました。検査も私がついていなくても、きっちり受けられているようです。こんなところで、「大きくなったなあ」と

感心しています。今では、先生の耳掃除が大好きになったほどですから……。

また、片方は聞こえるため、特に訓練しなければならないこともなく、普通の学校に通っています。ただ、状況によっては聞こえづらいこともあるので、事情を知らない人からは、「わざと聞こえないふりをしている」と思われてしまうこともあります。でも、私も彼も全然気にしていません。

遠い将来、医学が発達して、次男の耳が治ればいいし、でも、治らなくても障害を持つ人の気持ちがわかり、彼にとっては家族の誰も持っていない財産になるに違いないと信じています。

右耳を上にして寝ていると、目覚まし時計の音が聞こえないけど、頑張って！　自転車に乗っていて、車が後ろから近づいてきてもわかりづらいよね。耳で聞かないで、目で見てね！　左右どっちから音がするのかわからなくて、いろいろ不自由だろうけど、一緒に頑張っていこうね！

スイミングの成果

長男が、医者に喘息の気があると言われて始めたスイミング。途中一年のブランクがありましたが、長男は七年、次男は五年という期間、ほとんど休まず通っています。

長男は、習い始めた頃から比べると、あんな子がこんなに上手になって……と拍手を送ってあげたいほど上手になりました。最初は、水が恐くて恐くて顔もつけられず、頭から水をかけられるのも嫌がっていたほどですから……。お風呂ではできていたのですよ。でも、プールに入ると恐くて、あごを水につけただけでも、「ボクは、顔をつけれるんだ！」と、自慢げな顔をするのです。それがおかしくて、見ていて笑えました。

毎回、次男も連れて行ってました。見ていてやりたくなったのでしょう、そのうちに「ぼくも、青いお風呂に入りたい」と言うようになりました。確かにプールは、四角くて青い水が入っているように見えます。彼にはそれが、お風呂に見えたのでしょう。

それからは行くたびにお風呂お風呂と言うので、しばらくして次男も通わせることにしました。彼はすぐに水の中に入れるものと思っていたのか、まず体操するのを嫌がり、座ったままでその時間は過ぎていきました。やっと体操をするようになったのは、通い始めて半年以上経った頃だったと思います。

水の中に入ると大はしゃぎ。長男とは違って、いきなり飛び込んで溺れましたが、それでも恐がらずに遊んでいました。最初は水に慣れることから始まるのですから、彼にとってはそのお遊びが嬉しかったのでしょうね。でも、自分の思いどおりにならなくて、怒ってしまうこともたびたびありました。

上達のスピードは全然違いますが、二人とも、できることが一つ一つ増えてきました。長男はのみ込みが早いのか、顔がつけられるようになると、とんとん拍子で進んでいきました。次男は、良かったのは最初だけ。そのあとはなかなか進みません。スピードが遅いなりに、頑張ってはいると思うのですが……。

器用・不器用というのもあるでしょうが、性格の違いもあるのでしょう。長男は先生の言うことをしっかりと聞いているのですが、次男は私が見ている限り、ほとんど聞いていません。「本当に上手になりたいの?」と聞きたくなるくらい、先生の話は聞いてません。まあ、今はちょっとだけましになったと思うけど……。

最初は二人とも週一回のスイミングでしたが、ある時、急に次男が、

「お兄ちゃんはプールと野球の二つなのに、ぼくはプール一つだけでズルイ。プール二回がいい」

と言い出しました。私は、運動オンチの次男がもう一回スイミングを増やすと言い出したことにびっくり。でも悪いことではないので、週二回通わせることにしました。それでも、週一回の長男のほうが級の上がるスピードが早いのはなぜ？

毎回毎回、子供たちが泳いでいるのを見ていると、私も泳ぎたくなります。長男を見ていると、すごく気持ち良さそうなのです。本人はたくさん泳いでしんどいのだろうけれど。きっと今、競争したら私が負けるんでしょうね。スピードも体力も。私たち夫婦にはできないバタフライなんて練習しているし、競争なんて口に出さないようにしましょう。

スイミングに通わせて良かったのかどうかはわかりません。けれど、学校で一つでも自信の持てることがあるというのは、本人たちにも良かったのではないかと思っています。学校も楽しくなるだろうし。

これからも、体力づくりのためにも、できる限り続けさせてやりたいと思います。

そして、私も今の自分の親ぐらいの年齢になり、子供たちに手がかからなくなったら、スイミングに限らず、体力づくりをしようかなと思っています——今、私の親がやっているように。

我が家の愛犬

私が生まれた頃、家には一匹の犬がいました。種類は知りません。名前でさえも、当時の写真を見ていた時に親に聞いて「ジェス」だと知ったほどです。その犬の存在も覚えていないのですから、もちろん思い出もありません。

幼稚園に入園するかしないかぐらいの時の写真を見ると、家には犬・猫・鳥・金魚がいたようです。猫はどこかに行ってしまい、鳥の卵は近所の子供に取られていつの間にかいなくなり、金魚に関してはいなくなったのもいつのことかわからないのです。犬は十一年ほど生き、私が五歳くらいの時に死んだそうです。

それから、何度か猫が家にいたような気がします。ネズミを追い出してもらうためで、とにかく家にはネズミが多かったのです。夜になると、屋根裏で運動会しているみたいと思うほどドタバタとうるさくて、寝つけなかった日もあります。もしかして、ネズミも飼っていた……？

私が中学三年、弟が小学二年の時に、また犬を飼い始めました。両親がずっと仕事だったので、弟が家に一人でいることが多いという理由からです。今度は家の中で飼える犬ということで、母がヨークシャーテリアを選びました。名前は「ユイ」。名付け親は私です。その当時、ゴダイゴのファンだった私は、タケカワユキヒデさんの子供と同じ名前をつけたのでした。

ユイは私たちと同じ食べ物以外は食べなかったので、母はよく「残飯整理みたいやなあ」と言っていました。そのためか、ヨークシャーテリアなのにすごく大きくなってしまい、最初は小さくて身軽だったので、階段も上り下りしていましたが、大きくなるにつれ、二階にずっといるようになりました。

主人が弟の家庭教師をしていた頃、ユイはまだ生きていました。でも主人は犬が苦手で、ユイが恐かったらしいです。結婚してから話してくれたのですが、勉強が終わったあとに出されるサンドイッチなどを、ユイに取られていたみたいです。

そのユイも、九年経って死んでしまいました。

会社から帰ると、母が「二階に行ってみ!」と何か楽しそうに言うので、私が期待して二階に行くと、横たわっているユイがいたのです。その日の昼頃、元気よく一回吠えたあと、バタンと倒れたらしいです。弱ってきていたので、時間の問題だとはわかっていたけれど、悲しくて悲しくて、次の日は会社を休んでしまいました。

結婚してからはずっと集合住宅だったので、犬は飼えないと諦めていました。でも二回目の転勤では、社宅ですが一戸建てになったのです。それを機に、犬を飼うことにしました。長男も主人と同じで犬が恐く、犬や猫のいる友達の家には遊びに行けなかったので、これで慣れてくれたらというのも、犬を飼うことにした理由の一つです。

今回はミニチュアダックスフント、名前は「メリン」。子供たちがメスだからメリンだと名づけました。しかし、パンチと呼んでも、コンブと呼んでもしっぽを振りながら来るのはなぜでしょう？　メリンが家に来て三年、長男は小さい犬だと大丈夫になったようです。

メリンは、子供たちからはおもちゃ扱いを受けているにもかかわらず、二人が学校から帰ってくると飛びついて喜んでいます。またすごく内弁慶で、散歩中に他の犬が前から迫ってくると動かなくなり、知らない人が来ると、今度は私の後ろに隠れて動きません。

メリンが我が家に来て一年ほど経った時、お腹に湿疹のようなものがいっぱいできてしまい、病院に行くと、獣医から「草に負けたね。散歩は、できるならばやめておいたほうがいい」と、言われてしまいました。でも、家にばかりいるのもかわいそうなので、週に一、二回は散歩に出るようにしています。

けれど、内弁慶のメリンはあまり散歩が好きじゃないのか、家が見えなくなると、すぐに帰ろうとするのです。だから、散歩といってもほんの十分ほど。家が近づいてくると、走る走る。ちょっと時間が長いと、「あー疲れた」とばかりに寝てしまいます。なんという犬！

冬はストーブの前に陣取ったまま。小さい犬は寒がりだとは聞いたことはありましたが、本当にそうでした。夜寝る時も、私たちの横にピタッとくっついて離れず、私はあったかくてありがたいです。そして、あの犬の苦手な主人も、メリンと一緒に寝ています。

主人は、ユイが死んだ時に私が会社を休んだことをバカにしていたのに、「メリンが死んだら、会社休んでしまいそう……」と言っています。

そうなることが、遠い遠い先のことであることを願っています。その日が来てしまうまで、メリンを家族の一員として、みんなで楽しく過ごしていきたいと思っています。

果物はイヤ

我が家には、冬になると必ずやってくるものがあります。冬にならないとやってこないのです。冬はインフルエンザの時期。今のところ、インフルエンザは滅多にやってこないのですが、こたつの上にドーンと陣取っているもの――そう、ミカンがやってくるのです。こたつにミカンなんて、いい雰囲気だと思いませんか?

ミカンだけでなく、手軽に手に入るイチゴやリンゴなど、我が家では冬になるといろいろな果物が出てきます。ビタミンCを取らないと風邪をひきやすくなるということで、慌てて買ってくるのです。本当は常に取っておかないといけないものなのに、なぜか冬にならないと、うちにはやってこないんですよね。おそらくその要因の一つに、主人と長男が果物があまり好きじゃないということがあると思います。

長男は、赤くて丸いものが苦手。だからトマトはもちろん、イチゴも苦手です。イチゴは大好きという子供は多いと思うのですが、酸っぱいというイメージがあるのか、どうもダメみたいです。イチゴを潰して長男の大好きな牛乳を入れ、イチゴミルクにしてもダメでした。長男の誕生日は四月で、イチゴの出回る頃なのに……おかげで毎年イチゴ抜きのバースデーケーキです。何か豪華さに欠けてしまうような気がしてしまいます。

次男はというと、まったく正反対で、イチゴはもちろん、果物類は目の前に置いておけないほど大好き。放っておくと、パクパクと止まりません。こたつの上のミカンなんて、次男にとってはすごいご馳走で、広告で作ったゴミ入れを広げては食べています。長男なんて、「お願いだから、一つでもいいから食べて」と、頼まないと食べないのに……。

長男の嫌いなトマトも、次男は大好き。私が次男を妊娠していた時、無性にトマトが食べたくなって、毎日かぶりついていたせいでしょうか？　食事の時につけ合わせでトマトを出すと、長男は最後にイヤイヤ食べているのに対して、次男はニコニコと一番最初に食べています。

長男がなんとか食べる果物といえば、リンゴとパイナップル、それにメロンですね。でも、メロンは高くてなかなか買ってあげられません。それに、リンゴは皮を全部むかないとダメ。ウサギ型に切って出すと、皮だけきれいに残します。パイナップルはというと、生はダメ。缶詰だと食べるという、なんてわがままな……。

唯一、長男はバナナだけはよく食べますね。これだけは好きで食べてくれるので、毎朝バナナヨーグルトを食べさせています。そして、その中にイチゴやパイナップルも入れたりして、なんとか苦手なものを食べさせようと工夫しています。でも、最近ちょっとバナナヨーグルトに飽きてきたかな？　でも、これからも、バナナヨーグルトにはプラスαして、いろいろな果物を食べさせたいと思っています。

あっ、その前に、冬だけじゃなく、常に果物を家に迎え入れないといけないですね。体を一番動かす時期である子供たちには、果物は必要ですよね。早速買いに行きましょうか！

子供担当

「ごはんだよー!」

食事の用意の合図です。コップとお箸と……と、子供たちが全部テーブルの上に揃えてくれます。食事の用意は、小さい時、お手伝いが遊びだと感じるようになった頃から、ずっとさせています。次男も、お兄ちゃんがやっているからぼくもするんだという気になり、一緒にやってくれています。

でも最近は、声をかけても、始めるまでに時間がかかるようになってきました。これって、だんだんイヤになってきた証拠なのでしょうか? でも、私はそんなことは無視。ここでやめさせたら、もうしなくなってしまいそうだから。

それともう一つ、資源ゴミのゴミ出し。これも子供たちの担当です。いつからでしょうか、これも結構小さい頃からだったと思います。私がやっていたら、「お手伝いしたい!」と言ってきたので、それからずっとさせてます(してもらっているのかな?)。今も、朝、学校に行く用意がすべて終われば、二人は競争でもするかのように出してくれます。

特に、長男が社会の授業でリサイクルの勉強をしてからは、それまで以上に協力してくれるようになり、次男もそれについて行っています。最近では、玄関に置いておくと、何も言わないでも持っていってくれるようになり、私は楽をさせてもらっています。今日はどれを持っていくのだと兄弟げんかの種になっているのも事実です。

おそらく、何曜日にどのゴミを出せばいいのかということは、主人よりも子供のほうがよく知っていると思います。食事の用意でも、どこに何が置いてあるかなんて、子供のほうが知っているかもしれません。

お手伝いといえば、宿題にも出ました。長男が小学三年生で、私がクモ膜下出血が治って退院した直後の時、学校の宿題が、ドリルや音読ではなく、家のお手伝いだったのです。

料理は無理だったけれど、食べたあとの食器洗いをしてくれたので、私はゆっくりとコーヒーを飲むことができました。宿題を出してくれた先生には、感謝してもしきれないほど。この時も、長男の宿題だったのに、次男も一緒になってやっていました。でも、そのあとが大変だったのです。そう、シンク周りは水浸し……。でも、それから一年も経つと、最後にはきれいに拭いておくようになりました。一つずつ、次のことを考えられるようになるものなのですね。

長男が幼稚園の頃、夏休みの宿題というわけではないのですが、「夏休みに一つのことをやり続けよう」という課題が出て、彼は考えた末に、お米を洗うことに決めました。私は、「四歳や五歳の子供にお米なんて洗えるの?」と思っていました。初めの頃は、お米がこぼれないように下に置いたざるに、たくさんお米をこぼしていました。ところが、夏休みも終わる頃になると、ざるにはほとんどお米が落ちないようになったのです。できないと思っていてゴメン!

でも、大きくなればなるほど、お手伝いをしてくれることは少なくなるように感じています。男の子だし、中学・高校となると、クラブなどで学校から帰ってくるのも遅くなるのでしょうね。汚すほうが専門のようになってしまうのでしょうか?女の私でさえそうだったから……。今のうちにたくさんお手伝いをさせておこうかと思っています。

子供たちへ

主人と二人の子供たち——私が、今、一番大切に思っているものです（ものとは失礼ですよね）。

もちろん、兄弟や父母、義父母など、私を囲んでくれている人たちは、すべて大切だと思っています。時には腹が立ったり、言われたことに対して落ち込んだりもしますが。私のことを大切に思ってくれているからだと、勝手かもしれませんが、そう思っています。

私も子供に対しては、褒めよう褒めようとするのですが、叱ってばかりで、叱ってはあとで反省しています。あー今日も叱ってしまった……と。頭の右半分では大切に思っているはずなのですが、左半分では、本当に大切に思っているのか!?と誰かに言われているような気がして、夜寝る前、毎日のように考えてしまいます。

子供が小さい頃は、楽しければいいやという思いだけでした。でも、今となれば、勉強もさせないといけないし、遊ばせないといけない——どこの家庭でも同じだと思います。

私の中ではいろいろ考えているつもりなのに、子供はちょっと何もすることがないと、すぐに、「ゲームしていい?」と言ってきます。それを聞くと私は腹が立って、「ゲームばっかり! 本でも読もうと思わへんの!」と、ついつい声を荒げてしまいます。すると子供は、「友達と対戦したら負けるもん。もっとポケモン強くしないと……」などと、ゲームをする言い訳を並べます。

私は、友達にそんなことで勝たなくてもいいと思っているのに、「友達」という言葉を出されると弱いんですよね。友達ってすごく必要だと思っているから……。それに、私の中の半分では、少しぐらいのゲームだったらさせてもいいという思いがあるので、結局は一時間ほどさせるのですが、こんな時は特に、最初から気持ちよくさせてあげればよかったかな……と反省します。

子供たちは、今からが友達をたくさん作れる時だと思います。私もそうでした。その時その時によって違う友達ができるだろうけど、友達といて、すごく楽しい時期になると思うのです。そうなってほしいという願望も入っていますが。その友達がどんな友達であろうと、親に邪魔されずに作れてしまうのですから、こんなに楽しいことはありませんよね。大きくなってくれれば、また大人になってしまえば、損得を考えて友達を作ってしまうこともあり得ますから……。

私が子供たちに対して望むこと。それは、なんにでも興味を持つ好奇心旺盛な人になってほしいということ。それからもう一つ、人の役に立つような人になること。

二つとも、すごく難しいことだと思います。自分の好きなことばかりしていては、他のことが目に入らず、あちこちに興味がいくこともないでしょう。また、人の役に立つというのも、私自身もそうなりたいと思っていますが、どういうことが人の役に立つということなのか、実はあまりわかっていないところがあります。一生かかっても、わからないことかもしれません。

何をしてもいい、どんなことをやってもいい。自分が正しいと思うことであれば――勉強も大切だけど、これだけを守ってくれればいいかな？　大きくなっても、いろいろ親子で話し合っていければ、一番ですね！

次はどこでしょう？

私たちは転勤族。そんなに頻繁にあるわけではないのですが、四、五年ごとのペースで転勤してきました。一、二年ですぐ転勤になるのも考えものだけれど、四年ともなると、やっと近所のことや抜け道などがわかって慣れた頃なので、余計に悲しいのです。

主人も私も出身は大阪。最初の転勤は、長男二歳、次男二ヵ月の時で、愛知県半田市でした。社宅だったので、住むところには不自由しませんでしたが、交通の便が悪く、駅までが遠くて遠くて……。大阪にいた頃は、駅もバス停も近かったので、余計にそう思ったのかもしれません。

スーパーへ買い物に行くのもひと苦労でした。自転車の後ろに長男を乗せ、次男をおんぶして、買ったものは前のカゴ。今思うと、なんとパワフルなおばちゃんだったことか。当然、自転車では限界があり、そんなしんどい思いをするのはもうイヤ！ということで、私はペーパードライバーを返上しました。

でも、最初は助手席に主人が座ってくれていても、運転するのが恐かったです。免許を取ったのは十八歳の時、半田市に移ったのは二十八歳の時。その間、ほとんど運転することがなく、会社勤めをしていた時に、たまに運転していただけ。完全にペーパードライバーになって五年。返上するには、時間がかかりました。でも、それからはどこへ行くにも車です。特にスーパーへは……。

半田市では、子供たちは幼稚園に通いました。公立の三年保育だったので、恵まれていたと思います。その幼稚園は裸足保育で、元気のいい先生は自分も裸足になっていました。確か、運動会も裸足でやっていた年もあったと思います。また、お金はかけず手間をかけるという方針だったので、手に持つかばん類は全部手作り。遊び着も、子供たちが自分のものとわかるように工夫して、ポケットや背中にワッペン。親にとっては大変だったけれど、子供はいつもいつも楽しそうでした。

ほとんど毎日、幼稚園の送り迎えをしていたので、他のお母さん方とも仲良くなり、クリスマスパーティーだなんだかんだと集まっては、遊んでいました。この時が一番、お母さん同士が仲良くなれる時期ではないかと思います。悩みも今以上にあったと思うのですが、なんでも話せる友達だったので、お互いに聞いたり聞いてもらったりしていました。

次の転勤が決まった時には、引っ越し前の二週間ほどは、毎日のように友達とランチに出かけていました。今日はこのグループ、明日はあのグループというふうに。特に仲の良かった人たちとは、ランチではなく、夜、食事に行きました――みんな子供は主人に任せて。食事だけなら二、三時間で帰るところなのですが、食事は二件に分けて食べ、次は飲むために焼き鳥屋に。その次は歌おうということで、カラオケ。最後はコーヒーをということで、ファミリーレストランへ。結局、朝四時までみんなでしゃべっていました。

長男小学校一年生、次男幼稚園年長の時に、半田市から埼玉県に引っ越しました。今現在住んでいる所です。ここに来て思ったのが、人と車が多いということ。大阪もまあまあ多いと思っていたけれども、桁違いでした。主人は四年経った今でも、会社には慣れても、通勤にはまだ慣れないと言っています。

子供たちは慣れるのが早いのか、転校してすぐに友達ができ、次の日にはもう遊んでいました。これには感心しました。この四年間で、友達がずいぶん増えたようです。長男は、もう引っ越しはしたくないみたいです。このたくさんの友達と別れるのがイヤなのだそうです。考えれば、当然ですよね。小学校からは、親関係なしに友達が作れるのですから。子供たちには「いつまでも友達」と言える友達を作ってほしいです。

私は、引っ越し自体は何度しても好きになれません。梱包したと思ったら、次の日にはもう開けないといけないし、なかなか片づかないので……。でも、転勤は嫌いではないです。「今度はどんな人がいるんだろう？　どんな街だろう？」と思うとワクワクします。まったく知らない街に行くので、余計に期待してしまうのでしょうか？　おかげさまで、二度の転勤とも近所にはいい人ばかりで、私たちはお世話になりっぱなしです。

今、この街にも慣れ、私自身にも子供を通して友達ができ、楽しみもだんだん増えてきました。転勤でこの街を離れるのは、子供と同じでやっぱり寂しいです。でも、次の街への期待もあり、複雑です。さて、今度はいつ、どこに、どんな街に行くのでしょうか……？

これからするだろうこと

「大変だよー!」

「頑張ってねぇ!」

同居という言葉を聞くと、みんな声を揃えるようにこんなふうに言います。すでに同居している人、かつて同居したことのある人は特に。でも、私には何が大変なのか、何を頑張らないといけないのかよくわかりません。私は一度も義父母と一緒に生活したことがないのです。

いずれは——とは思っているのですが、みんながいろいろ言うので、同居というものが恐い反面、楽しみなところもあります。楽しみなんて言うと、変な目で見られそうですが。

私が思うには、もちろん今よりたくさん気を遣うでしょうけど、子供たちにとっては、学校から帰ってもどこに行くにしても、「ただいま!」「行ってきます!」の相手がいるというのは、いいことだと思うのです。それに、私が仕事などで家を空けていても安心です。

　また、子供たちは祖父母が大好きなので、もしそうなったら大喜びだろうと思います。祖父母の家に行くたびに、なんでも言うことを聞いてもらい、いい思いばかりしていますから……。

　そんなふうに、今のところ同居に対して、私たちにとっても子供たちにとっても、いいことしか思い浮かびません。私って考えが甘いのかしら？　もしかすると、一番大変なのは主人かもしれません。主人には今から、「同居することになったら、何があっても逃がさへんからね！」と、プレッシャーをかけています。なんという妻でしょう。

　右を向いた時と左を向いた時ではまったく顔が違う、と言われる私なので、なんとかやっていく自信はあります。また、愛想笑いも私の得意とするところですから。もちろん、愛想笑いだけでは同居はできませんが、そういうことも必要だと思っています。

　また、同居したからといって、義父母の生活スタイルに合わそうとはまったく思っていませんし、いい嫁になろうとも思っていません。今までの家族四人の生活を大事にしていきたいと思っているし、私たちのスタイルを崩したくはありません。

それは義父母も同じだと思います。私たちより何十年も多く、夫婦・家族の生活をしてこられたのですから。

同居しても、私は今までと同じように大きな声で子供を叱るだろうし、主人と喧嘩もするでしょう。友達とランチにも行きたいし、一人でふらっと本屋にも行きたい。きっと、このようなことを邪魔されたら、私はブチ切れるかも……と思います。でも、ブチ切れないにしても、それに相当するぐらいの何かがあるかもしれません。でも、義父母に限って、そんなことはしないと思っています。

近所付き合いならまだしも、二つの違った生活スタイルが一つ屋根の下に暮らすのですから、いろいろ大変なのは承知しているつもりです。でも、その大変なことを楽しさに変えるのは嫁の務めだと思っています。ただ、口ではなんとでも言えるのですが、いざ一緒に住んでみたら、思いどおりにいかないことがたくさんあるとは思います。何とかなるでしょう、と思っているのですが……。

それから、私にはもう一つ思うところがあります。それは、私自身ずっと祖父母と一緒に生活してきて、祖父母のことがうっとうしく思えたり、顔も見たくなくなったりしたことがあったのですが、子供たちには、優しい気持ちで祖父母に接してもらいたいということです。これは私たち夫婦の問題でもあるとは思うのですが。

同居していない今、一緒に住むことが嫌だとも思わないし、母の時代とは全然違うでしょうから、同居しても母のような苦労はないでしょう。でも、妥協するところはしないといけないし、まあ、お互い干渉し過ぎないことが一番かな？　でも、助け合っていきたいし……。

やっぱり同居というものは、その時になってみないとわからないことばかりです。でも、なんとか私のこの性格で乗り切ってみせましょう！

著者プロフィール

宮野 和恵（みやの かずえ）

1966年（昭和41年）２月27日、大阪府生まれ。
摂南大学国際言語文化学部卒業。
1991年結婚。
現在２児の母。

はなまるライフ

2003年9月15日　初版第１刷発行

著　者　宮野 和恵
発行者　瓜谷 綱延
発行所　株式会社文芸社
〒160-0022　東京都新宿区新宿1－10－1
電話　03-5369-3060（編集）
03-5369-2299（販売）

印刷所　株式会社フクイン

ISBN4-8355-6210-0 C0095